리턴 레이드 헌터

FUSION FANTASTIC STORY

인기영 장편소설

Return Raid Hunter

리턴 레이드 헌터 2

인기영 장편소설

초판 1쇄 찍은 날 § 2015년 10월 8일
초판 1쇄 펴낸 날 § 2015년 10월 15일

지은이 § 인기영
펴낸이 § 서경석

편집책임 § 이창진

펴낸곳 § 도서출판 청어람
등록번호 § 제387-1999-000006호
등록일자 § 1999. 5. 31
어람번호 § 제1-2253호

주소 § 경기도 부천시 원미구 부일로 483번길 40 서경B/D 3F (우) 420-822
전화 § 032-656-4452   팩스 § 032-656-4453
http://www.chungeoram.com
E-mail § chungeorambook@daum.net

ISBN 979-11-04-90452-3 04810
ISBN 979-11-04-90450-9 (세트)

FUSION FANTASTIC STORY
인기영 장편소설

2

리턴 레이드 헌터

Return Raid Hunter

리턴 레이드 헌터

Return Raid

Hunter

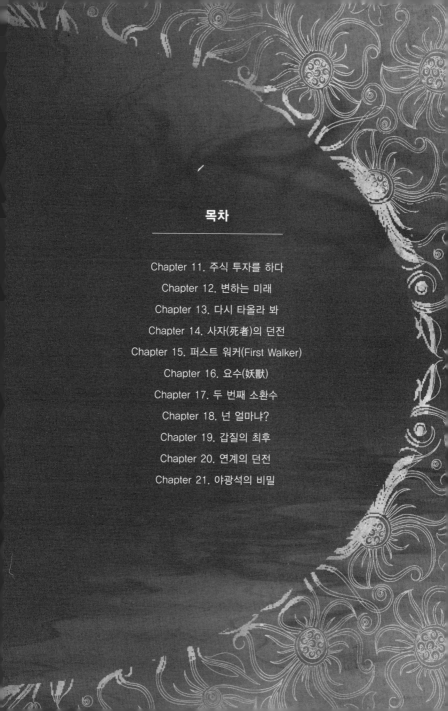

목차

Chapter 11.
주식 투자를 하다

오전 아홉 시.

아직 점심때까지는 시간이 많았다.

전율은 집에서 나와 은행으로 향했다.

거기서 증권 계좌 하나를 개설했다.

하는 김에 HTS도 신청했다.

HTS는 홈 트레이딩 시스템(Home Trading System)의 약자로, 개인 투자자가 집에서 편하게 주식 거래를 할 수 있도록 도와주는 프로그램이다.

전율은 친절한 여직원에게 증권 거래를 하기 위한 기본적인 정보를 들은 뒤 밖으로 나왔다.

다시 집으로 돌아온 전율은 컴퓨터를 켜고 HTS를 이용해 케이자동차의 주식을 사들였다.

딱 천만 원 정도 남겨두고 나머지 돈을 전부 때려 부었다.

이제 이 돈은 그냥 묻어두면 된다.

몇 달 후엔 주가가 열 배 이상으로 뛰게 되니 그때에나 찾아서 적당히 사용하면 될 터였다.

'이게 정말 다 내 거란 말이지?'

전율은 전생에서 단 한 번도 이렇게 큰돈을 만져 본 적이 없었다.

그리고 이렇게 많은 주식을 보유하고 있어본 적도 당연히 없었다.

마치 이 모든 일이 전부 꿈만 같았다.

하나 이건 현실이었다.

누구도 부정할 수 없는 현실.

"하하."

전율의 입에서 실성한 듯 웃음이 흘러나왔다.

1억은 곧 열 배 이상 뛰는 주식으로 인해 10억으로 덩치를 불려 돌아올 것이다.

그 돈으로 뭘 할까?

오래 고민할 것도 없었다.

전생에서 용식은 신북읍의 땅을 헐값으로 샀다.

그곳에다 펜션을 세울 요량이었다.

그런데 공사를 하다 온천이 터져서 떼돈을 벌게 된다.

"신북읍 땅은 내가 산다."

돈이 돈을 불러온다고 하더니 바로 이런 걸 두고 하는 말이었다.

전율은 희희낙락하며 한참 동안 케이자동차의 주식을 바라보다가 컴퓨터를 껐다.

지우를 만나기 전까지는 한 시간 반 정도 여유가 있었다.

전율은 돈이 들어온 김에 소율이의 스마트폰을 장만해 주기로 했다.

그래서 몸단장을 다시 하고 집을 나서려는데 하율이 전율에게 물었다.

"율아, 오늘 늦어?"

"나갔다가 일 좀 보고 점심 먹으면 바로 돌아올 거야. 왜?"

"아니… 아까 뉴스 속보를 봤는데, 우리 동에 근처 산속에 사지가 부러지고 눈은 파인 데다 혀까지 뽑힌 시체가 발견됐대. 아무래도 요즘 악명 높은 연쇄살인마 짓인 것 같다더라구. 그러니까 조심하라고."

연쇄살인마의 짓이 아니다.

전율이 그리한 것이고, 놈이 바로 연쇄살인마였다.

'결국 죽었군.'

전율은 놈이 구조되어 남은 생을 고통 속에서 보내길 바랐다.

빛도, 소리도, 맛도 볼 수 없는 지옥을 경험하며 말이다.

하지만 연쇄살인마는 죽었다.

그럼 그것으로 끝이다.

더 이상 전율이 신경 쓸 일은 아니었다.

"알았어, 누나. 일찍 들어올게."

전율이 하율을 안심시키고서 집을 나섰다.

하율은 그 누나 소리가 정말 기분 좋았다.

＊　　　＊　　　＊

핸드폰 대리점에 들러 자신의 명의로 스마트폰 하나를 개통한 전율은 기분 좋게 명동으로 향했다.

춘천의 명동엔 닭갈비 골목과 백화점, 영화관이 있다.

때때로 영화관 건물 앞 공터에서는 예술의 도시답게 여러 가지 거리 공연도 펼쳐지곤 했다.

하지만 전체적으로 놀이 문화가 잘 발달된 지역이냐 하면 그건 또 아니었다.

해서 그 좁은 명동 안에서도 사람이 많은 곳과 적은 곳이

극명하게 갈렸다.

꼭 세상의 음과 양을 한데 뭉쳐 놓은 것 같은 기이한 동네가 바로 명동이었다.

그 명동의 후미진 골목에 일식 카레집이 있다.

사람의 발길이 잘 닿지 않는 거리인지라 대부분의 식당이 파리를 날리는데 유난히 이 일식 카레집과 근처의 순대국밥집만큼은 장사가 잘됐다.

점심나절.

카레집 안은 허기를 채우러 들이닥친 사람들로 만석이었다.

몇몇은 밖에서 웨이팅이 걸려 차례를 기다리는 중이다.

그들 중 대기 번호 1번을 차지한 이는 다름 아닌 지우와 전율이었다.

"다른 데로 갈 걸 그랬나?"

카레집을 추천한 건 지우였다.

한데 순서를 기다려야 하니 괜히 이곳으로 온 건가 싶었다.

그러나 운 좋게도 마침 한 테이블의 손님이 식사를 마쳤다. 두 사람은 종업원이 테이블을 치우자마자 식당 안으로 들어가 자리를 잡고 앉았다.

'이런 곳도 있었군.'

전율은 가게 내부를 둘러보며 생각했다.

전율의 기억 속에 이런 가게는 존재하지 않았다.

명동을 자주 드나들면서도 이곳을 단 한 번도 발걸음을 해 본 적이 없다.

지우가 아니었다면 이번 생에서도 영영 이런 가게가 있다는 것을 몰랐을 것이다.

"뭐 먹을래?"

"아무거나."

지우의 물음에 전율은 대충 대답했다.

그러자 지우가 뺨을 확 부풀렸다.

"식당도 네가 정하지 않아서 나 아는 곳으로 데려왔잖아. 그럼 메뉴 정도는 혼자 골라."

"처음 와본 곳이라 뭐가 맛있는지 몰라. 네가 골라줘."

"휴, 알았어."

지우는 지금 이게 뭐 하는 짓인가 싶었다.

분명 자신은 호의를 베풀고 있다. 그럼 상대방은 기분 좋게 받아들이는 게 정상이다. 하지만 전율은 지우의 호의를 억지로 받아들이는 것 같았다.

이 만남 자체도 지우가 밥을 사겠으니 시간 한번 내라고 사정사정해서 성사된 것이다.

여러모로 끌려가는 기분이 드는 지우였다.

"여기요~ 돈가스카레 두 개랑 사이다 두 잔 주세요."

종업원에게 주문을 마친 지우가 전율을 빤히 바라보았다.

전율도 지우의 시선을 피하지 않고 마주 보았다.

한데 전율의 눈동자에는 아무런 감정이 담겨 있지 않았다.

지금껏 대부분의 남자들은 지우에게 호감 가득한 시선으로 추파를 던져 왔다.

그도 그럴 것이, 지우는 어딜 가나 눈에 확 띌 정도로 예쁜 미모의 소유자였다.

많은 사람 속에서도 유난히 빛이 나는 것 같은 착각이 일 만큼 아름다웠다.

얼굴만 예쁜 게 아니었다.

꾸준히 요가를 익혀 가꾼 몸매는 봉긋한 가슴에 탄력 있는 엉덩이, 잘록한 허리가 환상적인 라인을 만들어주어 명품 그 자체라 할 수 있었다.

추리닝만 걸치고 나와도 남자들의 시선을 잡아끌 만한 섹시한 자태를 자랑하는 지우였다.

게다가 지우는 잘 웃었다.

사실 집안이 힘들어지기 전까지 그녀는 인상 찌푸릴 일이 별로 없었다.

예쁜 여자의 곁엔 늘 환심을 사기 위해 남자들이 꼬이게 마련이다.

좋은 대접만 받아온 그녀가 미간 구길 일이 뭐가 있었겠는가?

여자들의 질투?

물론 있었다.

하지만 그녀들은 지우를 질투하기보단 같이 다니면 콩고물이라도 떨어진다는 걸 더 잘 알았다.

지우 아버지의 일이 잘못되기 전까지 그녀는 부유했고, 성적은 톱클래스였으며, 남자들까지 주변에 많았으니 함께하면 손해 볼 일이 없었다.

배고픈 소녀는 간식거리를 얻어먹었고, 성적을 올리고 싶은 소녀에게는 그녀의 노트가 쥐어졌으며, 남자를 원하는 소녀는 꿩 대신 닭이라고 지우를 꼬시다 실패한 남학생과 눈이 맞는 경우가 종종 있었다.

아무튼 그렇다 보니 지우는 늘 여유가 있었다.

그래서 잘 웃었다.

잘 웃는 여자를 남자들은 매력적으로 여긴다.

얼굴에 몸매, 성격까지 남자들이 좋아할 요소를 다 갖춘 지우이기에 그녀 주변의 남자들은 모두 그녀에게 따스한 눈길을 보냈다.

그런데 전율은 아니었다. 전율 같은 남자는 처음이다.

그에 지우는 괜히 오기가 생겼다.

전율이 자신에게 확 빠지게 만들고 싶어졌다.

여태껏 남자에게 한 번도 이런 투쟁심(?)을 느낀 적이 없었다.

그녀는 계속해서 전율의 눈을 바라보며 살짝 눈웃음을 쳤다. 하지만 전율은 아무런 반응이 없었다.

"저기……."

그때 20대 중반의 남자가 지우에게 다가왔다.

"네?"

"저… 혹시 맞은편에 앉아 계신 남자분… 애인 되시나요?"

지우가 속으로 한숨을 쉬었다.

넘어오라는 전율은 안 넘어오고 애먼 사람이 넘어왔다.

"그냥 친구예요."

"아, 그럼 저 번호 좀……. 정말 제 스타일이라서요."

남자는 용기를 냈지만 지우는 확실하게 철벽을 쳤다.

"죄송해요. 번호를 드리기엔 제가 좀 부담스러워서요."

"아, 알겠습니다. 식사 맛있게 하세요."

남자가 뒷머리를 긁적이며 떠나갔다.

지우는 '어때? 나 이 정도야' 하는 표정을 은근히 지어 보였다. 하지만 전율는 여전히 별 감흥 없는 얼굴이다.

그에 창피해진 지우는 먼저 시선을 피했다.

'어쩐지… 나 지금 완전히 남자 꼬시려고 안달 난 여자 같잖아.'

한 번도 남자한테 이런 적이 없는 지우이다.

그래서 지금 같은 상황이 당황스러웠다.

그러는 사이 주문한 메뉴가 나왔다.

"잘 먹을게."

"응, 맛있게 먹어."

전율은 돈가스카레를 한 숟갈 크게 떠서 입에 넣었다.

맛있었다.

평범한 카레 같으면서도 다른 카레집과는 달리 깊은 맛이 있었다.

돈가스도 겉의 튀김옷은 바삭했고, 속의 고기 육질은 부드러웠다.

과연 이렇게 후미진 골목에 있는데도 장사가 잘될 만했다.

맛있게 식사를 하는 전율과 달리 지우는 밥이 코로 들어가는지 입으로 들어가는지 모를 만큼 정신이 없었다.

'나 왜 이렇게 긴장하고 있는 거야, 대체.'

여태껏 남자 앞에서 긴장이라는 걸 해본 적이 없는 지우이다.

그런데 전율 앞에서는 어쩌자고 이렇게 평정심을 잃는 건지 모를 일이었다.

지우는 밥을 먹는 둥 마는 둥 하며 계속 전율을 관찰했다.

'달라.'

전율은 무언가 달랐다.

단순히 여느 남자들과 달리 자신에게 무관심해서 그렇다는 게 아니다.

전율은 지우가 한 번도 겪어본 적 없는 유형의 사람이었다.

사실 중고등학교 때의 전율은 그냥 인생 포기한 양아치 중의 양아치, 깡패 중의 깡패 같은 이미지였다.

몸에서 위험한 기운이 풀풀 풍겨 곁에 가기도 싫고 상종하지도 않으려 한, 지우의 인생 노선에 절대 합류할 일 없는 그런 인간이었다.

그런데 지금 마주하고 있는 전율에게서는 전혀 다른 기운이 느껴졌다.

굳이 말로 설명하자면 세상에 달관한 도인 같은 느낌이다.

이 세상 사람이 아닌 것 같았다.

"입맛이 없나 봐?"

지우가 멍해 있는 사이 한 그릇을 싹 비운 전율이 물었다.

"어?"

"굳이 배고프지 않았으면 카페 같은 델 가도 되는데."

"그, 그럴 걸 그랬네. 근데 율아, 너 몇 년 새 무슨 일 있었니?"

처음으로 전율의 눈에 감정 비슷한 것이 떠올랐다가 사라졌다.

하지만 그것은 찰나지간이었다.

'있었지. 아주 큰일이.'

지금은 말해봤자 그 누구도 믿지 못할 일들이다.

그것은 멀지 않은 미래에 닥쳐올 거대한 재앙이다.

하지만 전율은 이러한 얘기를 할 수 없었다.

미친놈 취급 받을 게 뻔한데 굳이 사실을 토해놓는 건 바보 짓이다.

"사람이 한결같을 수는 없지만 넌… 몇 년 새 변해도 너무 변한 것 같아."

"사람 변하는 거 한순간이라는 말도 있어."

"그래, 뭐 드문 경우지만 그런 일도 있긴 하지."

"밥 잘 먹었어. 그만 가볼게."

"벌써?"

"충분히 대접받았다고 생각해."

"넌 뭐가 그렇게 늘 바쁘니?"

결국 지우는 더는 못 참고 언성을 높였다.

전율이 그런 지우를 가만히 바라보다 한마디 툭 던졌다.

"누군가가 지금이 내 남은 생에 가장 젊은 날이라더라. 사람은 한 걸음 한 걸음 계속 죽음을 향해 달려가고 있어. 그걸 알고 있는 이상 바쁘게 살아갈 수밖에 없지."

게다가 앞으로의 미래는 외계 종족의 침공으로 지구가 멸망하는 것으로 끝난다.

자연스러운 죽음을 맞게 되는 인류는 몇 되지 않는다.

그러니 더더욱 전율에게는 모든 시간이 소중했다.

전율은 자기 할 말을 끝내자마자 미련 없이 식당을 나섰다.

혼자 남겨진 지우의 멍한 시선은 전율이 나간 문에 붙박인 듯 움직일 줄 몰랐다.

"쟤… 대체 뭐야?"

알면 알수록 더 모를 사람이었다.

그날 밤.

전율은 연극 동아리 활동을 하다가 늦게 돌아온 소율에게 스마트폰을 내밀었다.

그러자 소율은 "꺄악~ 오빠~ 너무 좋아!"라고 하면서 와락 껴안았다.

전율이 아닌 스마트폰을.

그러고서는 자기 방으로 쌩하니 들어가 버렸다.

전율이 쾅 하고 닫힌 소율이의 방문을 보며 힘 빠진 목소리로 중얼거렸다.

"소율아, 그게… 다야?"

그 모습을 지켜보던 하율이 쿡 하고 웃음을 터뜨렸다.

그때 전율의 스마트폰에서 진동이 울렸다.

확인해 보니 소율이에게서 문자가 하나 와 있다.

―오빠, 내가 어마무시하게 싸랑해♡

아무래도 직접 고마움을 표시하는 게 부끄러웠던 모양이다.

전율은 빙그레 미소를 지으며 문자 내용을 하율이에게 보여주었다.

전율의 미소는 그대로 하율에게 전염되었다.

두 사람이 따듯한 시선을 주고받았다.

그러다 갑자기 어색해져서 전율은 괜히 화장실로 들어갔고, 하율은 부엌으로 향했다.

그럼에도 둘의 입가에 어린 미소는 여전했다.

전율도, 하율도, 그리고 소율도 지금의 이 행복을 영원히 잃고 싶지 않았다.

Chapter 12.
변하는 미래

근 며칠 동안 전율은 큰 딜레마에 빠졌다.

'큰일이야.'

지금도 자기 방구석에 틀어박혀 그 딜레마와 싸우는 중이다.

'생각보다 지금 내가 할 수 있는 일이 많지 않아.'

바로 그거였다.

다시 살게 된 인생에서 전율은 소율이의 죽음을 막았다.

그로 인해 원래는 급격하게 무너졌던 가족이 빚에 허덕이면서도 희망을 잃지 않고 근근이 살아가는 중이다.

하지만 이 빚도 몇 달 후 케이자동차의 주식이 폭등하면 깔끔하게 해결될 일인지라 전율은 크게 신경 쓰지 않았다.

지금 그에게 가장 중요한 건 힘을 기르는 일이었다.

바로 여기에서 문제가 생겼다.

마나와 오러는 마나 하트를 삼키지 않는 이상 성장시킬 수 없었다.

남은 건 힘을 사용한 만큼 성장도가 올라가는 스피릿뿐이었다.

그래서 전율은 며칠 동안 스피릿의 힘을 성장시키는 데 올인했다.

연습 대상은 주로 동네에 돌아다니는 길고양이나 주인 없는 떠돌이 강아지들이었다.

전율은 녀석들을 테이밍시키지 않고 위압보다는 호의를 주로 내보내며 자신에게 위협을 느끼지 않도록 만들었다.

그 덕분에 요즘엔 전율이 집 밖으로만 나가면 온 동네 고양이며 떠돌이 강아지들이 우르르 몰려드는 진풍경이 펼쳐졌다.

아무튼 스피릿의 성장도만 열심히 올리며 5일이 흘렀다. 첫 번째 마스터 콜과 두 번째 마스터 콜 사이엔 딱 일주일의 간격이 있었다. 그때는 두 번째 마스터 콜이 언제 찾아올 것인지 레모니아가 언급해 줘서 알 수 있었지만 이번에는 그런 언급이 없었다.

그래서 전율은 막연하게 이번에도 일주일의 텀을 두고 마스터 콜이 발동되는 게 아닌가 짐작해 볼 뿐이었다. 만약 그렇다면 세 번째 마스터 콜을 하루 남겨둔 상황이다.

전율은 상태창을 확인했다.

스피릿의 성장도는 최초 상태창을 확인했을 때의 32퍼센트에서 97퍼센트로 올라 있다.

이제 조금만 더 하면 스피릿이 2랭크가 되는 것이다.

"테이밍을 한번 해볼까."

전율은 문득 위압과 호의를 사용할 때와 테이밍을 사용할 때 증가하는 성장도의 퍼센티지가 어떤지 싶었다.

그래서 밖으로 나갔다.

역시나 전율이 대문을 열고 나오는 순간 근처에 있던 고양이와 강아지들이 우르르 몰려들었다.

누가 보면 전율이 녀석들에게 매일같이 간식을 챙겨주는 줄 알 것이다.

강아지들은 하나같이 꼬리를 프로펠러처럼 휘돌렸고, 고양이들은 야옹거리며 울기 바빴다.

전율은 동물을 제법 좋아했다.

동물이라고 하면 거의 가리지 않고 좋아했지만 그중에서도 고양이를 특히 좋아했다.

전율은 주변에 있는 고양이 중 노란색 바탕에 흰색 줄무늬가 있는 녀석에게 시선을 돌렸다.

그 녀석은 동네에 모여든 고양이 중에서 특히 미모가 빼어 났다.

여태껏 전율이 보아온 고양이를 통틀어도 세 손가락 안에 들 만큼 대단한 미모였다.

그래서 이틀 전엔 전율 나름대로 '루시'라는 이름까지 지어 주었다.

"좋아, 루시. 너는 이제 내 고양이가 되는 거야."

전율이 스피릿을 호의의 기운으로 치환시켜 루시에게 흘려 보냈다.

호의에 잠식된 루시가 나른한 얼굴로 자기 몸을 그루밍하 다가 배를 까뒤집고 애교를 부렸다.

이건 백 퍼센트 테이밍이 될 판이다. 안 되는 게 이상할 상 황이다.

전율이 호의를 지배의 기운으로 바꿨다. 그런데 이상한 상 황이 벌어졌다. 루시가 테이밍되지 않은 것이다.

"뭐야?"

전율은 다시 한 번 지배의 기운을 루시에게 내보냈다.

하나 결과는 마찬가지였다.

초백한을 테이밍시켰을 때와 같은 정신의 교감이 느껴지지 않았다.

루시는 그저 바닥에 드러누워 애교만 부려댈 뿐이었다.

그때 마더의 음성이 들려왔다.

[전율 님의 상태를 스캔해 본 결과, 지금의 상황에 적절한 대답을 찾아낼 수 있었습니다.]

"얘기해 봐."

[전율 님이 전승받은 테이밍은 본래 시저의 것입니다. 한데 시저는 애초부터 타고난 애니멀 커뮤니케이터였고 그만큼 가지고 있는 스피릿의 본바탕이 헤아릴 수 없을 만큼 넓었습니다. 때문에 그는 다른 동물이나 신수, 혹은 사람을 테이밍시키는 데 제한이 없었지만 전율 님의 정신력은 크게 대단치 않습니다. 그나마도 시저의 능력을 전승받았기에 이 정도라고 할 수 있습니다.]

듣기에 전혀 기분 좋은 말이 아니었지만 반박할 수도 없었다.

본인이 생각하기에도 자신의 정신 상태는 썩 좋은 상태가 아니었으니까.

스피릿은 사람의 정신력을 뜻한다.

전율이 만약 강인한 정신의 소유자였다면 집이 한순간 몰락했다고 해서 비행의 길을 걷지는 않았을 것이다.

학교에서는 주먹으로 누구도 당할 수 없는 절대무적의 인간이라 평가받았지만 사실 그것은 정신이 약했기에 벌어진 결과였다.

그런 정신이 전율의 바탕이었으니 시저와 비교하는 것 자체가 어불성설이다.

전율은 마더의 이야기를 계속해서 들었다.

[결과적으로 전율 님의 테이밍 능력은 시저에 비해 떨어지므로 현재는 하나의 생명체밖에 테이밍할 수 없습니다. 그러나 랭크가 올라갈 경우 테이밍 가능한 생명체의 수가 셋으로 늘어날 것으로 예상됩니다.]

"이해했어."

마더는 다시 조용해졌다.

"앞으로 3퍼센트라……."

성장도를 3퍼센트만 더 얻으면 스피릿은 2랭크가 된다.

"괜히 쓸데없이 고양이나 강아지를 테이밍시키면 안 되겠군. 그것만큼 낭비가 없지."

테이밍할 수 있는 생명체의 수에 제한이 있다면 꼭 필요한 생명체만 테이밍시켜야 한다.

뒤늦게라도 그 사실을 알게 되어서 다행이었다.

"가만 보면 마더도 정보 수집이 꼭 한 발짝씩 늦는 경향이 있단 말이야."

마더는 대단한 인공지능이긴 하지만 전율이 문제를 밝혀내기 전까지는 그 문제에 대해 전혀 모르고 있는 경우가 종종 있었다.

만능이긴 한데 능동적이기보다는 수동적이었다.

"그럼 일단 지금은 스피릿의 랭크 업에 집중하자."

전율은 집 앞이 아닌 넓은 공터로 자리를 옮겼다.

그런 전율의 뒤를 따라 동물들도 함께 움직였다.

공터에서 전율은 동물들을 상대로 계속 호의를 내보냈다.

동물들은 아무것도 모른 채 마냥 전율의 주변에 모여 행복해했다.

*　　　　*　　　　*

스피릿이 고갈되면 휴식을 취했다가 다시 호의를 내보내길 두 시간째.

또 한 번 고갈된 스피릿을 충전시킨 전율이 같은 패턴을 반복하며 호의를 내보내는 순간이었다.

휘이이이이이―!

머릿속에서 상쾌한 바람이 일었다.

정신이 맑아지고 눈앞이 전보다 확 트이는 듯했다.

이어 전율은 스피릿의 기운이 전보다 두 배 이상 확장되는 것을 느꼈다.

"랭크 업인가?"

전율은 바로 상태창을 확인했다.

〈전율 님의 능력치〉

[오러]

랭크 : 2

성장도 : 23%

색 : 노란색

사용 가능 기술 : 오러 피스트(Aura Fist), 오러 애로우(Aura Arrow)

[마나]

랭크 : 2

성장도 : 2%

사용 가능 기술 : 뇌섬(雷殲), 속박뢰(束縛雷), 뇌전(雷電)

의 창(槍)

[스피릿]
랭크 : 2
성장도 : 1%
사용 가능 기술 : 위압(危壓), 호의(好意), 지배(支配), 최면(催眠)
테이밍 가능한 생명체의 수 : 1/3
테이밍된 생명체 : 초백한

스피릿의 랭크가 올랐고 전에는 보이지 않던 항목이 추가되어 있다.

테이밍 가능한 생명체의 수와 테이밍된 생명체라는 항목이다.

마더가 급하게 넣은 것이다.

이제 두 마리의 생명체를 더 테이밍할 수 있게 되었다.

"초백한처럼 똑똑한 신수를 테이밍했으면 좋겠는데."

그게 말처럼 쉬운 일은 아니다.

초백한도 아이템발에 운이 겹쳐 겨우 테이밍할 수 있었다.

랭크가 올라 스피릿의 세 가지 기술이 전보다 강해졌다 하더라도 신수를 볼 수 없으면 말짱 꽝이었다.

"음? 최면?"

전율이 뒤늦게 늘어난 기술 하나를 확인했다.

그것은 최면이었다.

최면에 대한 마더의 설명이 이어졌다.

[스피릿이 랭크 업하면서 새로 사용할 수 있게 된 기술입니다. 최면은 상대방의 정신을 조작하는 기술입니다. 현재 전율님의 상태에서는 상대방을 최대 5분간 최면 상태에 빠뜨릴 수 있습니다. 그러나 모든 사람이 최면에 빠지지는 않습니다. 선천적으로 최면에 잘 걸리지 않는 이들에게는 크게 소용이 없을 수 있습니다.]

"그렇군."

전율이 지금껏 겪어온 바로는 어떤 능력이든 없는 것보단 있는 게 좋고 적은 것보단 많은 게 나았다.

최면도 분명 언젠가 요긴하게 사용할 때가 있을 터였다.

따리리리리리리―!

그때 주머니 속에 넣어두었던 스마트폰에서 알람이 울렸다.

"벌써 열두 신가?"

전율은 알람을 끄고 집 쪽으로 발길을 옮겼다.

집에는 하율이 혼자 있었다.

자기가 들어가지 않으면 홀로 밥을 먹게 될 테니 미리 알람을 맞춰둔 것이다.

전율은 별다른 일이 없을 땐 늘 하율과 함께 밥을 먹으려고 노력했다.

집에서 번역 일을 하느라 밖에 잘 나가지도 못하고 틀어박혀 있는 누나가 측은했기 때문이다.

"가자, 얘들아."

전율이 걸음을 옮기자 동물들도 우르르 이동했다.

그 광경이 마치 동화 속 피리 부는 사나이를 보는 것 같다.

한 사람과 십 수 마리의 동물들로 북적이던 공터가 삽시간에 고요해졌다.

그런데 공터의 적막을 뚫고 누군가가 발을 들였다.

그는 멀어져 가는 전율의 뒷모습을 말없이 주시했다.

하율이는 요즘 식사 때가 즐거웠다.

전율이 자신의 음식을 맛있게 먹어주기 때문이다.

이제 둘만 있는 것도 익숙해졌다.

어렵기만 하던 남동생이었는데 지금은 어렵지도, 부담스럽지도, 불편하지도 않았다.

같이 있으면 엄마보다 편하고 아빠보다 든든했다.

어떻게 전율을 그렇게 느낄 수 있게 된 건지 하율은 스스로 생각해 봐도 신기했다.

오늘도 전율과 맛있게 점심을 먹었다.

전율은 점심을 먹자마자 설거지를 하겠다고 나섰다.

그럴 때마다 하율이 극구 말리지만 전율은 막무가내였다.

먼저 상을 들고 나가 싱크대 앞에 서버리는 전율을 하율의 힘으로는 도저히 막을 수가 없었다.

벌써 전율이 설거지를 도맡아 한 지 거의 일주일이 다 되어 가고 있다.

처음에는 어설프게 설거지만 하더니 요새는 콧노래까지 흥얼거린다.

오늘도 전율은 자기도 모르게 콧노래를 흥얼댔다.

그것은 2010년에 데뷔해서 단숨에 대형 신인이 된 유리아의 노래였다.

제목은 '레드 슈즈'.

3집 타이틀곡으로 전율이 유리아의 노래 중 가장 좋아하는 곡이다.

"그게 무슨 노래야?"

여태껏 전율이 무슨 노래를 부르는지 몰라 궁금해하던 하율이 처음으로 용기를 내 물었다.

당연한 얘기지만 사실대로 말할 수가 없는 전율은 대충 둘러댔다.

"그냥 생각나는 대로 흥얼거린 거야."

"진짜?"

"응."

"근데 되게 좋은 것 같아."

좋지 않을 리가 없다.

이 노래는 당시 유명한 작곡가 '용감한 살쾡이'가 혼신의 힘을 다해 빚은 것이다.

하지만 기대한 것만큼의 성과는 거두지 못했다.

어느 유명한 평론가는 이 노래가 몇 년만 더 일찍 나왔으면 가요계에 지각 변동을 일으켰을 거라며 아쉬워했다.

전율도 텔레비전에서 이 평론가의 인터뷰를 들은 기억이 있다.

말인즉, 용감한 살쾡이의 감각은 아직 몇 년 전 그 시절에 한 발을 걸치고 있는 상태인데, 작곡 실력은 비교가 되지 않을 만큼 발전했다는 뜻이다.

이제 음악계에도 새로운 패러다임이 필요한 상황에서 아직 과거의 유행에서 완전히 발을 빼지 못한 용감한 살쾡이의 감성이 아쉬운 부분이었다.

하지만 바꿔 말하면 레드 슈즈는 딱 지금 시대에 어울리는 곡이라는 게 된다.

시대가 필요로 하는 감성과 용감한 살쾡이가 작곡가 데뷔

후 급성장해 완벽해진 기술이 맞물린 곡이니까 말이다.

'그럼 이 노래를 유리아의 데뷔곡으로 하면 더 크게 터지는 거 아니야?'

원래도 데뷔하자마자 탑의 자리에 오르게 되는 대형 신인이 었지만, 그 이상의 성공을 거둘 수 있지 않을까 하는 생각이 드는 전율이었다.

전율은 원래 연예계나 세상 돌아가는 소식 같은 것에는 관심이 전혀 없는 인간이었다.

하지만 묘하게도 유리아의 음악은 그의 가슴을 적셨고, 그렇다 보니 그녀와 관련된 기사나 인터뷰는 저도 모르게 제법 기억하고 있었다.

"율이 너, 작곡 쪽에도 은근히 재능 있는 거 아니야?"

"그럴 리가."

전율은 하율의 말을 농담처럼 넘겼다.

하나 하율은 농담으로 하는 말이 아니었다.

단순한 허밍일 뿐인데도 듣기에 너무 좋았기 때문이다.

사실 전율도 자신에게 작곡 능력이 있었다면 하고 조금 아쉬워했다.

아직 용감한 살쾡이가 만들기 전인 레드 슈즈를 자신이 만들어 유리아에게 준다면?

어마어마한 돈방석에 앉게 될 것이다.

그러나 당장은 현실적으로 이것을 실현시킬 방법이 없었다.

설거지를 마친 전율은 다시 스피릿을 연마하기 위해 밖으로 나왔다.

언젠가부터 그랬듯이 또다시 근처에 있는 동물들이 전율에게 우르르 몰려들었다.

그런데 동물들 사이에 사람 한 명도 끼어 있었다.

그는 다름 아닌 용식이었다.

미래대부의 사장이자 얼마 전 전율에게 흠씬 두들겨 맞고 완벽하게 제압당한 인물이다.

"용식 형님?"

갑작스러운 용식의 등장에 전율이 의아해하며 그를 불렀다.

용식이 어설픈 미소를 지으며 전율의 어깨를 툭 치려다 말았다.

한번 당한 트라우마 때문인지 전율의 몸에 손을 대는 게 꺼려졌다.

"그래, 율아. 나다. 하하하하! 날씨가 참 좋지?"

전율이 하늘을 올려다봤다.

먹구름이 잔뜩 끼어 당장에라도 비가 쏟아질 것만 같았다.

"무슨 일이세요?"

전율이 본론부터 꺼내라는 듯 물었다.

"무슨 일은… 그냥 너 보고 싶어서 왔지."

"자꾸 개소리 할 거예요?"

전율의 미간이 살짝 구겨졌다.

용식은 그 작은 변화만으로도 숨이 턱 막히는 것 같았다.

"아니, 인마. 뭐가 그렇게 급해? 사람이 오래간만에 봤으면 인사부터 나누고 뭐 그러는 거 아니냐?"

"내가 좀 바빠서 좋은 감정 없는 사람이랑 인사할 시간도 아깝거든요."

처음부터 끝까지 동생이 형을 대하는 태도가 아니었다.

더군다나 주먹 세계에서 하극상은 용서될 수 없는 일이다.

하지만 용식의 자존심은 전율 앞에선 개한테 줘버렸다.

"알았다, 알았어. 성질하고는. 그… 예전에 너 우리 사무실 작살내다가 한 말 기억하냐?"

용식이 무슨 말을 하려는 건지 전율은 바로 짐작했다.

"형님네 가족 건드리는 인간들 있으면 제가 한 번 막아준다고 했죠."

"그래, 기억하는구나."

용식이 허허 웃었다.

그런데 전율은 이상했다.

전생에서 이 시기에 용식의 패거리가 다른 주먹패에게 당하는 일은 벌어지지 않았기 때문이다.

"누가 건드렸습니까?"

전율은 확실히 하기 위해 직설적으로 물었다.

용식이 끙 하고 앓는 소리를 냈다.

"전갈파."

"네?"

이해가 되지 않았다.

전갈파는 반년 전 만들어진 신생 주먹패로 이 바닥에서 영향력은 제로에 가까웠고 세도 크지 않았다.

그럼에도 전갈파가 소수의 인원으로 창설되어 근근이 밥 먹고 지낼 수 있던 건 전갈파의 우두머리 나진범과 2인자 곽한열의 주먹이 제법 매웠기 때문이다.

두 사람은 어릴 때부터 주먹으로 날렸다.

그래서 이 조직 저 조직에서 스카우트 제의도 많이 받았다.

하지만 학교를 졸업하고 나서도 그들은 거의 5년간을 독고다이 생활을 했다.

그래서 나진범과 곽한열이 손을 잡아 전갈파를 창설하리라고는 누구도 생각지 못했다.

둘은 알아주는 앙숙이자 라이벌이었기 때문이다.

어찌 되었든 알아주는 두 사람이 손을 잡으니 그 밑으로 제법 주먹깨나 쓰면서도 호전적인 성격을 가진 후배들이 모여

들었다.

이미 뒷바닥을 잡고 있는 조직 말고 신흥 조직의 창설 멤버가 되어 입에 칼 물고 전쟁 뛰면서 큰 조직으로 다져 놓겠다는 열의를 가진 놈들만 가입한 것이다.

사실 큰 조직 입장에서는 그런 전갈파를 밟으려면 얼마든지 밟을 수도 있었다.

하지만 그들은 전갈파를 밟기보단 통째로 흡수하길 원했다.

그래서 지켜보는 중이었다.

만약 전갈파가 끝까지 홀로서기를 외치며 몸집을 불리면 그때 가서 밟아도 늦지 않았다.

한데 그 전갈파가 용식의 패거리를 친 것이다.

"전갈파가 왜요?"

"너랑 나랑 척졌다는 소식 듣고 바로 쳐들어왔다. 씨팔, 네가 확실히 난놈은 난놈이야. 그치?"

그거였다.

전생에서는 전율이 용식이 패거리를 떠나지 않았다.

그런데 이번에는 달랐다.

전율은 용식이 패거리를 아작 내고 등을 돌렸다.

그 소식은 용식이가 쉬쉬했는데도 어떠한 루트를 타고 전갈파에 귀에 들어갔다.

아직 용식이 패거리는 작은 대부 업체나 운영하는 보잘것 없는 조직이었다.

어디 큰 조직에서 뒤를 봐주지도 않았다.

나중에는 크게 되지만 그건 어디까지나 미래의 일이다.

그래서 전갈파는 전율이 빠져나간 용식이 패거리를 만만하게 보고 들이닥친 것이다.

"그 새끼들, 네가 나한테 약속한 내용은 전혀 모르고 있겠지. 퉤!"

용식이가 침을 탁 뱉었다.

흙바닥에 침 대신 피 한 덩이가 툭 떨어졌다.

"으, 씨발! 입안이 다 터져서 밥도 못 먹었네."

"갑시다."

전율이 지체하지 않고 말했다.

"가다니, 어딜?"

"전갈파 새끼들 있는 곳이요."

"야야, 지금 우리 애들 반이 드러누웠고 나머지는 숨었어. 일단 투입 가능한 애들 끌어모은 다음에……."

전율이 피식 웃었다.

"파리 잡는 데 핵폭탄 하나로도 부족합니까?"

"……."

전율이 앞장서서 걸어갔다.

용식은 그런 전율의 뒷모습을 멍하니 바라보더니 씩 웃었
다.

"개새끼, 존나 멋있네."

Chapter 13.
다시 타올라 봐

전갈파는 온의동에서 작은 헬스장을 아지트 삼아 돌아가고
있었다.

전갈파에서 가장 인상 좋고 근육질의 몸을 가진 최민호와
김세진이 헬스장 운영을 맡고 있었다.

손님들이 오가는 시간엔 조직원들은 되도록 헬스장에 발걸
음을 하지 않았다.

헬스장이 문을 닫는 시간에야 모여들어 나진범의 주도하에
회의를 하거나 그 안에서 술을 마시곤 했다.

전율이 용식이를 대동하고 그 헬스장을 찾았다.

"어서 오세… 어?"

카운터에서 친절하게 인사를 건네던 최민호가 불청객의 얼굴을 확인하곤 놀라 입을 다물었다.

"잘 지냈냐, 민호야? 그제는 고마웠다. 간만에 투지가 불타오르더라."

"세진아!"

최민호가 소리쳤다.

그러자 저 멀리서 육감적인 여성 회원을 코치해 주며 은근슬쩍 몸매를 스캔하던 김세진이 고개를 휙 돌렸다.

김세진은 용식의 얼굴을 보자마자 후다닥 달려와서 앞을 가로막았다.

"용식 형님, 여긴 어쩐 일로 오셨어요?"

"니네들한테 버릇 좀 가르쳐 주러 왔지 왜 왔겠냐, 씨팔놈들아."

용식의 말에 김세진이 피식거리며 웃었다.

"아무래도 형님이 그때 머리를 잘못 맞았나 봐요. 완전히 실성을 하셨네?"

최민호가 끼어들었다.

"근데 다른 애들은 어디 가고 이 멀대 같은 놈만 달고 왔……."

최민호는 말을 하다 말고 전율의 얼굴을 자세히 살폈다.

"너 어디서 나 본 적 없냐?"

전율의 키는 2미터에 육박했다.

이런 거구의 인간은 한 번이라도 마주하게 되면 기억에 박혀 잘 잊히지 않는다.

최민호는 분명 전율을 만나본 적이 있는 것 같았다.

하지만 전율의 기억엔 최민호의 얼굴이 없었다.

"글쎄."

최민호는 전율의 몸을 천천히 살피며 기억을 더듬었다.

2미터의 거구. 그런데도 몸의 비율은 완벽하게 잡혀 있어 보기에 조금도 거슬리거나 부담되지 않았다.

두상은 작고 얼굴은 조각을 해놓은 듯 완벽한 미남형이다.

도저히 잊으려고 해도 재수 없어서라도 잊을 수가 없는 완벽한 외형의 인간이다.

"어디서 봤더라……."

혼잣말을 읊조리던 최민호가 드디어 전율을 기억해 냈다.

"너… 너, 예전에 스타 당구장에서!"

최민호의 눈이 휘둥그레졌다.

반년 전,

스타 당구장에서 한 명의 거구가 십여 명의 사내를 상대로 무섭게 싸우던 광경을 그는 기억해 냈다.

당시 스타 당구장은 박철웅이라는 스물 후반의 인간이 관리하는 곳이었다.

박철웅도 조직에 속해 있지 않은 어중이떠중이 주먹패들에겐 제법 알려진 인물이었다.

그리고 박철웅을 은근히 따르는 동생들도 많아 당구장은 박철웅과 그 동생들의 아지트와 다름없었다.

그런데 그곳을 전율이 쳐들어왔다.

박철웅이 미래대부에서 꿔 간 푼돈을 갚지 않았다는 이유에서였다.

사실 그날 전율은 혼자 움직일 예정이 아니었다.

다른 곳에 돈 받으러 간 동료들을 기다렸다가 함께 행동하는 게 맞았다.

하지만 기다리는 시간이 지루해서 단신으로 쳐들어갔다.

결과적으로 박철웅 패거리는 전율 한 명에게 완전히 뭉개졌다.

그 놀라운 광경을 당구장에 놀러 온 최민호는 두 눈으로 똑똑히 목격했다.

전율은 주먹 좀 쓴다는 놈들을 어린애 다루듯 때려눕혔다.

그 후에야 거구의 정체가 전율이라는 걸 알았다.

이후로는 한 번도 전율과 마주친 적이 없었다.

"저, 전율… 이 새끼가 전율이야!"

"뭐?"

최민호의 외침에 김세진이 긴장했다.

전율에 대한 숱한 전설은 그도 이미 익히 들어 알고 있기 때문이다.

그동안 노는 바닥이 달라 마주친 적이 없을 뿐이지, 이미 전율은 많은 주먹들에게 유명 인사였다.

'저 새끼가 용식이랑 왜……?'

분명히 전율은 용식이 패거리와 등을 돌렸다고 했다.

그래서 안심하고 미래대부를 작살낸 것인데, 어째서 용식이와 함께 나타난 건지 모를 일이었다.

"쫄았네, 병신새끼들."

용식이 잔뜩 긴장한 두 사람을 보며 키들거렸다.

"씨팔, 아가리 함부로 놀리지 마!"

"율아, 저 새끼들 버릇 좀 고쳐 줘라."

용식이 명령조로 말하자 전율이 그를 내려다봤다.

용식이 바로 자신의 말을 정정했다.

"고, 고쳐 줘야 하지 않을까? 그래주면 고맙겠다."

"둘이 뭐하냐!"

그러는 사이 김세진이 전율에게 주먹을 휘둘렀다.

하지만,

빽!

"억!"

전율이 더 빨랐다.

김세진은 먼저 공격했음에도 턱을 얻어맞고 허공에서 반 바퀴 돌아 널브러졌다.

털썩!

"세진아! 이런 씨팔!"

최민호가 카운터에 훌쩍 뛰어오르며 드롭킥을 날렸다.

이왕 상황이 꼬여 버린 거, 죽기 살기로 싸우는 것 말고는 답이 없었다.

그렇다면 선수를 치는 게 그나마 이길 가능성이 높았다.

최민호는 대단히 민첩했다.

여태껏 그의 빠른 기습 공격을 피한 사람은 거의 없었다.

하지만 최민호가 계산하지 못한 게 있었다.

상대가 전율이라는 것이다.

탁!

전율이 손을 탁 털어 최민호의 두 다리를 쳐 냈다.

"악!"

최민호는 망치에 얻어맞은 것 같은 충격을 느끼며 빙글 돌아 바닥에 고꾸라졌다.

콰당!

"으윽!"

최민호가 신음을 흘리면서 벌떡 일어섰다.

그런데 전율이 손으로 가볍게 친 다리에 힘이 들어가지 않았다. 욱신거리는 통증도 엄청났다.

최민호는 설마 하며 시선을 내렸다.

정강이가 이상하게 휘어 있다. 부러진 것이다.

'말도 안 돼!'

실로 무시무시한 괴력이다.

전율이 헬스장 내부를 둘러봤다. 다행히 CCTV는 없었다.

전율은 최민호에게 다가가 한 손으로 목을 잡고 들어 올렸다.

"캑!"

최민호가 반항 한번 못해보고 숨이 막혀 캑캑댔다.

전율의 몸에서 위압의 기운이 흘러나왔다.

그것은 최민호의 머릿속으로 단숨에 스며들었다.

"흐읍!"

랭크가 하나 더 오른 위압은 전보다 배 이상으로 위력이 강해졌다.

최민호는 죽음의 공포를 느끼며 사지를 파르르 떨었다.

홉뜬 눈에서는 실핏줄이 동시에 터져 나가며 흰자가 붉게 물들었다.

주르륵.

결국 최민호는 오줌까지 지리고 말았다.

주먹은 꽤나 쓰지만 멘탈은 보통 사람보다 한참 약한 녀석이었다.

그대로 계속 위압에 노출되면 정신적으로 문제가 생길지도 몰랐다.

전율 역시 그걸 느끼고 위압의 기운을 거두어들였다.

"끄허어……!"

최민호는 까무러칠 뻔한 정신을 겨우 다잡았다.

하지만 목을 잡혀 숨은 여전히 막혀왔다.

최민호의 얼굴은 하얗게 질려갔고 입에서는 게거품이 올라왔다.

전율은 최민호를 그대로 바닥에 내리찍었다.

쾅!

"커헉!"

"꺄아악!"

"뭐, 뭐야?"

"누, 누가 신고 좀 해요!"

헬스장 내부에 있던 사람들이 그 광경을 보고 난리가 났다.

그때 용식이 나섰다.

"선량한 민간인 여러분!"

기차 화통을 삶아 먹은 듯한 용식의 목소리에 모든 이가 그를 주목했다.

"상황 파악 잘 안 되죠? 이거 지금 조폭들끼리 싸우는 겁니다! 어제 이 자식들 패거리가 우리 식구들을 개씹창 냈다 이 말이오! 그래서 나도 복수하러 왔다 이거요! 거기 스마트폰 들고 있는 양반, 내일도 그 손으로 숟가락 들고 싶으면 조용히 집어넣으세요!"

신고를 하려던 사내가 용식의 협박에 마른침을 삼키며 스마트폰을 내려놓았다.

"신고 정신이 너무 투철하면 인생이 피곤해져요! 여러분은 상황 정리될 때까지 어디 가지 마시고 나랑 좀 놉시다!"

용식은 사람들을 한데 모아놓고 전율에게 계속하란 눈짓을 보냈다.

전율은 고통에 사무쳐 몸을 뒤척이는 최민호에게 말했다.

"니네 가족 다 불러. 당장."

최민호는 감히 저항하지 못하고 시키는 대로 모두를 호출했다.

그러자 10분도 지나지 않아 전갈파 패거리가 전부 헬스장에 들어섰다.

나타난 이의 수는 우두머리인 나진범을 비롯해 총 일곱 명이다.

그게 전갈파 식구 전부였다.

"너 뭐야?!"

나진범이 전율을 보자마자 호통쳤다.

"혀, 형님! 저 새끼가 전율입니다!"

동료들의 등장에 힘을 얻은 최민호가 거칠게 말했다.

그에 대한 대가는,

퍽!

"악!"

아랫니 두 대였다.

"개새끼가!"

나진범의 눈이 뒤집혔다.

자기가 보는 앞에서 식구를 보란 듯이 때렸으니 당연했다.

나진범은 앞뒤 잴 것 없이 전율에게 달려들었다.

그는 어릴 적부터 태권도와 복싱을 함께 배웠다.

그래서 주먹과 발 기술이 남달랐다.

힘과 스피드 역시 대단했다.

슉!

전율이 사정권 안으로 들어오는 순간 나진범의 잽이 나갔
다.

빠르고 날카로운 잽이다.

하지만 전율은 고개를 까딱하는 것만으로 이를 피했다.

'걸렸어!'

사실 나진범이 던진 잽은 미끼였다.

전율이 고개를 피한 방향으로 스트레이트가 날아왔다.

쐐애애액!

바람을 가르는 소리가 매서운 것이 묵직한 한 방임을 증명했다.

퍼억!

나진범은 주먹에 느껴지는 타격감과 고막을 자극하는 타격음에 입꼬리를 말아 올렸다.

그런데 찰나지간 그의 표정이 바로 굳어졌다.

그가 때린 건 전율의 얼굴이 아니라 손바닥이었다.

전율은 주먹을 피하지 않고 손을 들어 막아낸 것이다.

'어떻게……?'

대단한 반사 신경이 있는 사람도 지금 같은 상황에서 나진범의 주먹을 막아내기는 힘들다.

차라리 피하면 피했지 이건 쉽게 가능한 일이 아니었다.

나진범은 주먹을 빠르게 회수하려 했다. 그러나,

우득!

"큭!"

그보다 먼저 전율의 손이 그의 주먹을 잡아 으스러뜨렸다.

두두둑!

"으악!"

나진범의 손뼈가 모조리 아작 났다.

전율은 비명을 지르는 나진범의 얼굴을 손바닥으로 내려쳤다.

파악!

"억!"

나진범의 눈앞이 새까매졌다.

머리가 핑 돌면서 코뼈가 으스러지고 쌍코피가 터졌다.

전율은 잡고 있는 나진범의 주먹을 놓지 않고 연거푸 그의 얼굴을 후렸다.

꽉꽉꽉꽉꽉꽉꽉!

"아악! 악! 크악!"

나진범은 제대로 대응 한번 못 하고 속수무책으로 얻어맞았다.

그의 얼굴이 갈수록 험악하게 일그러졌다.

파악!

"끄으……!"

전율이 마지막으로 강력한 한 방을 먹이며 잡고 있던 주먹을 놓았다.

나진범이 힘없이 쓰러져 엉덩방아를 찧었다.

"흐으으."

정신이 하나도 없다.

그의 입에서 영혼이 털린 듯한 신음이 삐져나왔다.

쩍 벌어진 입에서는 피가 줄줄 흘러내렸다.

치아도 몇 대가 사라졌다.

바닥에 떨어진 치아는 한 대밖에 없으니 나머지는 저도 모르게 삼킨 모양이다.

입술과 뺨이 다 터졌다.

눈은 양쪽 다 피멍이 들었다.

코는 완전히 뭉개져서 차마 눈 뜨고 보기 힘들 정도이다.

나진범의 몰락에 다른 전갈파 식구들이 하얗게 질렸다.

주먹으로는 일가견이 있는 나진범이다.

큰 조직의 조폭들도 나진범을 인정했다.

그런데 그런 나진범이, 전갈파의 리더이자 절대적 카리스마를 내뿜던 나진범이 어린아이처럼 농락당했다.

당연히 다른 조직원들은 전의를 상실했다.

하지만 그런다고 적당히 넘어가는 전율이 아니었다.

시작을 하지 않았다면 모르되 일단 시작했다면 끝을 봐야 했다.

용식이 패거리에게 한 것처럼 초전 박살을 내놓아야 두 번 다시 덤빌 생각을 못 한다.

전율은 전갈파 무리에게 터벅터벅 다가갔다.

그리고 2인자 곽한열의 뺨을 올려붙였다.

짝!

"악!"

단지 손바닥에 맞았을 뿐인데 곽한열은 얼굴 한쪽 면이 다 뜯어져 나가는 것 같은 고통을 느꼈다.

비틀거리는 곽한열의 멱을 틀어쥔 전율이 나진범에게 그랬던 것처럼 놈의 뺨을 계속 후려쳤다.

짝짝짝짝짝짝!

"으악! 아아아!"

곽한열은 어떠한 저항도 하지 못했다.

전율이 손을 멈추지 않으며 다른 전갈파 놈들에게 말했다.

"지금부터 헬스장을 엉망으로 만든다. 내 성에 찰 때까지 이 새끼는 계속 맞는다. 시작해."

전갈파의 식구들이 이러지도 저러지도 못하고 발을 동동 굴렀다.

그에 곽한열이 비명처럼 소리쳤다.

"시키는 대로 해, 새끼들아! 으아아아악!"

"네, 네, 형님!"

결국 전갈파 식구들은 자신의 손으로 아지트이자 돈줄인 헬스장을 망가뜨리기 시작했다.

와장창! 쾅! 우당탕!

사방에서 헬스 기구 망가지는 소리가 들려왔다.

"크윽! 으으으!"

나진범이 그 참혹한 광경에 신음을 흘렸다.

쪽팔려서 차마 눈물은 떨구지 못했다.

하지만 헬스장이 식구들의 손에 의해 아수라장으로 변하는 광경은 자신의 살점을 떼어내듯 몹시 아팠다.

그 와중에도 곽한열은 계속 따귀를 맞고 있다.

그의 얼굴이 나진범보다 더 안쓰럽게 일그러졌다.

"크으으윽!"

퍽퍽!

나진범은 애꿎은 바닥만 주먹으로 때려댔다.

전율은 잡고 있던 곽한열을 그런 나진범에게 내동댕이쳤다.

퍼억!

"악!"

"윽! 하, 한열아!"

곽한열과 나진범이 한 덩이가 되어 뒤엉켰다.

전율이 둘에게 달려가 발로 몸 구석구석을 사정없이 짓밟았다.

퍼퍼퍼퍼퍼퍽!

"아악!"

"끄아악!"

전율의 발길질이 뼈에 사무치도록 고통스러웠다.

전갈파의 가족들은 그들의 우두머리와 2인자가 처참하게 얻어맞는 걸 보고 더욱 과격하게 헬스장을 망가뜨렸다.

삽시간에 멀쩡한 기구들이 사라졌고, 망가진 고물 덩이만 바닥에 쌓여갔다.

그것으로도 모자라서 정수기와 커피 머신, 전면 거울과 출입문, 라커룸, 카운터의 컴퓨터까지 전부 박살이 났다.

그제야 전율은 구타를 멈췄다.

"끄으으……."

"흐윽, 크흐윽."

하지만 이미 두 사람은 만신창이가 되었다.

뼈 마디마디가 부러지고 전신이 멍들었다.

얼마나 맞았는지 입고 있던 옷가지도 전부 찢어져 넝마가 되었다.

"형님!"

전율이 구타를 멈추자 한 녀석이 후다닥 달려와 나진범을 부축하려 했다.

그 순간 전율의 발끝이 놈의 명치에 꽂혔다.

퍽!

"악!"

녀석은 뒤로 벌렁 뒤집어져 기절했다.

"내 허락 없이 움직이지 마라."

전갈파 식구들은 손가락 하나 까딱하지 못했다.

지금 이곳에서 전율의 말은 법이었다.

전율이 나진범의 머리채를 잡아챘다.

"크윽!"

"내가 용식 형님이랑 척을 졌다는 말, 누구한테 들었냐?"

전율은 전갈파 아지트까지 오면서 용식에게 들은 얘기가 있었다.

용식이네 패거리가 전율 한 명한테 박살 났다는 소문이 새어 나가면 개망신을 당하고 만다.

때문에 용식은 동생들에게 입단속을 시켰다.

그런데 전갈파에서 어떻게 그걸 알고 용식이 패거리를 습격했다.

용식은 제발 아니기를 바랐지만, 자기 가족 중 하나가 전갈파에 소식을 팔고 몸을 의탁하려 했음을 의심하지 않을 수 없었다.

나진범이 다 죽어가는 소리로 말했다.

"도, 동생 중 하나가… 술자리에서 우연히 들었다. 옆 테이블에서 용식이 패거리 한 놈이 혼자 술을 마시고 있었는데… 술이 떡이 돼서 혼잣말로 중얼거리는 걸……."

전율이 용식을 바라봤다.

용식은 안도하며 고개를 끄덕였다.

다행히 누가 배신한 건 아니었다.

전율은 나진범의 눈을 똑바로 노려보며 말했다.

"계속할까?"

나진범이 고개를 절레절레 저었다.

전율이 주머니에서 담배를 꺼내 꼬나물었다. 그리고 나진범의 앞에 쪼그리고 앉았다.

"전갈파 우두머리 나진범, 나보다 네 살 많은 형님이네. 그치?"

"……."

갑자기 나진범의 등골이 서늘해졌다.

전율이 무슨 짓을 하려는 건지 그는 직감했다.

"불 좀 붙여봐."

"……!"

"……!"

전율의 말에 그 자리에 있던 전갈파 모두의 가슴이 철렁 내려앉았다.

나이가 어린 사람에게 불을 붙인다는 건 자존심을 완전히 내려놓는다는 것과 다름없다.

전율은 지금 나진범을 흠씬 두들겨 패고 아지트를 조직원들의 손으로 초토화시키도록 한 것도 모자라 그에게 인생에서 가장 심한 치욕을 안겨주려 하고 있다.

"셋 셀 동안 하지 않으면 더 맞는다. 하나."

"크윽!"

나진범이 아랫입술을 꽉 깨물었다.

"둘."

이빨이 살을 파고들어 피가 주르륵 흘러내렸다.

"셋."

카운트다운이 끝남과 동시에 전율의 손이 나진범의 뺨을 때리려 했다.

그때 손가락 하나 까딱하기도 힘들 만큼 얻어맞은 나진범이 겨우 주머니에서 라이터를 꺼냈다.

그리고 전율의 담배에 불을 붙였다.

그런 나진범의 눈에서는 피눈물이 줄줄 흐르고 있었다.

잔인한 처사였다.

전율에게 일을 맡긴 용식조차도 이렇게까지 할 필요가 있는가 싶었다.

하지만 전율에겐 확고한 신념이 있었다.

화재 진압을 하려면 작은 불씨까지 완전히 제압해야 한다.

그러지 않으면 다음번에 다시 타오르게 마련이다.

"후우."

전율이 담배 연기를 길게 뿜었다.

딱 한 모금 빤 장초를 나진범의 손등에 비벼 껐다.

치익!

"끄윽!"

괴로워하는 나진범의 귀로 서릿발처럼 차가운 음성이 흘러들어 왔다.

"억울하면 다시 타올라 봐. 근데 그때는 정말 죽는다. 형님, 가시죠."

멍하니 상황을 지켜보던 용식이 얼른 고개를 끄덕였다.

"그, 그래, 가자. 선량한 민간인 여러분, 험한 광경 보느라 고생 많았습니다."

용식이 시시덕거리며 걸어오다가 쓰러져 있는 나진범의 뺨을 툭 때렸다.

"앞으로 개기지 마라. 응?"

나진범은 속에서 열이 올랐지만 아무런 액션도 취할 수 없었다.

첫째로 전율이라는 인간이 너무나 절대적이었고, 둘째로 몸이 심하게 망가졌기 때문이다.

두 사람이 떠나가고 나자 손님들이 약속이라도 한 듯 우르르 빠져나갔다.

이후엔 먹먹한 적막이 내려앉았다.

전갈파는 오늘 지옥을 보았다.

두 번 다시는 이런 지옥을 보기 싫었다.
두 번 다시는 전율과 얽히기 싫었다.
두 번 다시는.

Chapter 14.
사자(死者)의 던전

"하하하하! 그놈들 꼬라지가 완전 말이 아니었다 이거야!"

용식은 완전히 신이 나 있었다.

뿔뿔이 흩어졌던 식구들을 사무실에 한데 모아 열심히 전율의 무용담을 늘어놓았다.

"마지막 그 대사 뭐였지, 율아? 아, 그래, 억울하면 다시 타올라 봐. 근데 그때는 정말 죽는다. 가시죠, 형님! 크아~!"

"오오~!"

용식이파 식구들의 시선이 용식의 옆에 서 있는 전율에게 향했다.

전율은 피식 웃으며 용식의 어깨를 툭툭 쳤다.

"그만하세요, 형님."

전율의 행동에 그 자리에 있던 사람들이 일제히 용식의 눈치를 살폈다.

동생이 형의 어깨를 친다?

용식에게는 절대 용납되지 않는 행동이었다.

하지만 용식은 호탕하게 웃었다.

"크하하하! 왜? 민망하냐?"

"네."

"그래도 자랑할 건 해야지! 너 진짜 존나 멋지더라. 새끼."

용식이 웃자 비로소 동생들도 얼굴을 풀고 덩달아 웃었다.

용식에게 지금 전율은 동생이 아니었다.

이미 전율에게 크게 한번 당한 경험이 있다. 그때 형으로서의 자존심 같은 건 다 버렸다.

게다가 이번에 큰 도움을 받았다.

전율은 용식의 인생에서 유일하게 예외적인 인물이었다.

용식이 품에서 지갑을 꺼내 십만 원권 수표 석 장을 내밀었다.

"받아라. 수고비다."

"됐습니다."

"너 돈 때문에 힘들잖아. 가오 잡지 말고 어서 받아."

"저 이제 돈 때문에 힘들지 않습니다."

"귀신을 속여라. 답지 않게 왜 이래, 돈귀신 전율이."

"맞아요. 저 돈귀신입니다. 그래서 이번에 제법 큰돈을 벌었거든요."

말을 하며 전율이 지갑을 꺼내 십만 원짜리 수표 다섯 장을 꺼내 용식의 책상 위에다 올려놓았다.

"사무실 꼬라지가 말이 아닙니다. 부서지고 깨지고. 형님 가족들 면면도 사무실이랑 도긴개긴이네요. 보수하는 데 보태 쓰세요."

"너… 진짜 돈 좀 만진 거냐?"

용식이 의심스럽다는 듯 물었다.

"가난해서 남의 등쳐 먹고 살던 전율인 이제 없습니다. 그럼 갑니다."

전율이 미련 없이 걸음을 옮겼다.

그러자 용식이 크게 소리쳤다.

"형님 나가신다! 인사드려라!"

그에 전율이 뒤를 돌아봤다.

"왜 이러십니까?"

"사망신고서 올릴 뻔한 우리 가족 심폐소생술해서 살려줬는데, 명줄 늘려줬으면 그게 형님 아니냐! 안 그러냐, 얘들아!"

"맞습니다, 형님!"

"형님 가신단다!"

"안녕히 가십시오, 형님!"

용식이를 제외한 나머지 패거리가 일제히 전율에게 허리를 구십 도로 숙였다.

전율은 어찌할 줄 몰라 가만히 서 있다가 그냥 이 상황을 받아들이기로 했다.

"다음에 만났을 때 말 깐다고 기분 나빠 하면 산소호흡기 다시 떼버립니다, 형님들."

그 말을 마지막으로 전율은 사무실을 나왔다.

닫힌 문 너머로 용식의 호탕한 웃음소리가 들려왔다.

*　　　　*　　　　*

전율이 떠난 뒤 용식의 패거리는 사무실에서 술잔치를 벌였다.

한참 술을 주거니 받거니 하다가 패거리의 막내가 용식에게 물었다.

"그런데 형님, 그 새끼들… 신고라도 하면 어쩝니까?"

그 말에 용식을 비롯한 모든 조직원이 어처구니없다는 시선을 막내에게 보냈다.

"저 새끼 저거 아직도 기본이 안 됐네. 막내야."

"네, 형님."

"이 바닥에서 조직끼리 싸웠다고 신고하면 그 순간 쪽팔려서 조직 생활 그만둬야 하는 거야. 거 어디 얼굴 들고 다니겠냐?"

"거기 민간인도 있었다고 하던데… 그 사람들이 신고하면……."

"둘러대겠지. 싸움 나서 그런 게 아니라고. 괜히 경찰이랑 엮이면 그 새끼들도 피곤해져. 민간인도 죄 하나씩은 짓고 사는데 이 바닥 놈들 뻔하잖냐. 우리 털려다가 괜히 지네까지 같이 털린다고."

"아, 그게 그렇겠네요."

"하여튼 저 새끼 저거 처음 봤을 때부터 좀 얼빠진 건 알고 있었는데 지금 보니까 이 바닥에 대해 아는 거 뭣도 없음서 받아달라고 한 거야? 에라이, 새끼야! 술이나 더 마셔!"

"네, 형님!"

자축의 술자리는 그 이후로도 오랫동안 이어졌다.

*　　　*　　　*

하루가 지났다.

2009년 3월 31일.

그날은 화요일이며 전율의 예상대로 일주일의 간격으로 마스터 콜이 일어난다면 바로 오늘이다.

그런데 전율은 잠에서 깨는 순간 환한 빛에 휩싸였다.

'마스터 콜!'

혹시나 했는데 역시나 마스터 콜이다.

정신을 차렸을 땐 늘 그렇듯이 석실에 갇혀 있었다.

[세 번째 마스터 콜을 받으신 걸 환영합니다.]

던전의 안내자 페이의 음성이다.

[벽에 적힌 퀘스트를 확인하세요.]

서당 개도 삼 년이면 풍월을 읊는다.

전율은 페이가 말하기도 전에 이미 벽을 살피고 있었다.

타입 : 던전

이름 : 사자(死者)의 던전(지하 18층)

목표 : 탈출

제한 시간 : 5시간

보너스 : 몬스터를 퇴치하고 얻는 링이 두 배가 됨. 모든 몬스터

섬멸 시 1,000링을 추가 지급

　성공 조건 : 제한 시간 이내 출구에 도착

　실패 조건 : 한 번의 죽음, 제한 시간 초과

　성공 시 보너스 : 700링

　실패 시 페널티 : 모험가의 자격 박탈

"이번엔 좀 빡센데."

지금까지와는 전혀 다른 타입의 퀘스트다.

던전의 클리어 조건은 무사히 탈출하는 것, 제한 시간은 다섯 시간이다.

그리고 보너스가 죽음에서 부활하는 것이 아니었다.

몬스터를 퇴치할 시 두 배의 링을 준다는 건 나쁘지 않았다. 모든 몬스터를 섬멸 시 1,000링을 추가 제공한다는 것도 괜찮았다.

하지만 그보다 차라리 죽음에서 부활할 수 있는 게 훨씬 좋았다.

"몬스터를 전멸시키는 게 퀘스트 성공 조건이 아니라는 건 다섯 시간 동안 던전을 벗어나는 것만 해도 힘들다는 애길 테지."

그렇다면 이 던전은 둘 중 하나이다.

미로처럼 복잡하게 얽혀 있든가, 몬스터들이 상당히 강하든가.

어쩌면 둘 다일 수도 있었다.

[던전의 입구를 개방합니다.]

마음의 준비 따윈 할 시간도 없이 페이는 던전을 개방했다.

한쪽 벽이 위로 올라가며 길게 뻗은 외길이 나타났다.

"가보자."

전율은 마음을 단단히 먹고 던전에 돌입했다.

얼마 가지 않아 전율의 앞을 뼈다귀만 앙상한 몬스터 둘이 가로막았다.

몬스터들의 머리 위로는 지금까지와 달리 '스켈레톤'이라는 이름이 적혀 있었다.

놈들은 170 정도 되는 키에 한 손에는 롱소드를, 다른 손에는 나무 방패를 들고 있다.

푹 파인 두 눈은 짙은 어둠 속에서 붉은 안광을 뿜었고, 입에선 차가운 냉기가 흘러나왔다.

시익— 시익—

듣기 거북한 숨소리가 동굴 안을 기분 나쁘게 울렸다.

"스켈레톤, 이름값 하는 놈들이군."

스켈레톤 두 마리가 전율을 향해 천천히 다가왔다.

전율은 근접전보단 원거리에서 놈들을 상대하기로 했다.

일단 스켈레톤이 얼마나 강한지 탐색해야 할 필요가 있기 때문이다.

전율이 오른손을 앞으로 내밀며 시전어를 외쳤다.

"뇌섬!"

파지직!

짝 펼친 손에서 번쩍하며 튀어나간 번개가 스켈레톤 한 마리의 가슴에 작렬했다.

꽉!

타격을 입은 스켈레톤이 뒤로 날려가 널브러졌다.

덜커덕!

뼈마디가 어긋나는 소리가 들렸다.

하지만 뇌섬에 맞은 스켈레톤은 별 고통을 느끼지 않았는지 이내 다시 일어섰다.

뇌섬에 가격당한 흉골이 크게 깨져 나간 상태였는데, 그런 것 따위는 신경 쓰지 않고 전율에게 다가왔다.

"고통을 느끼지 못하는 건가? 그러고 보니 이 던전의 이름, 사자의 던전이라 그랬지."

전율은 지금 영혼이 빠져나가 몸만 움직이는 시체와 싸우는 중이다.

시체가 고통을 느낄 리 만무했다.

"그렇다면 전투 불능으로 만들지 않는 이상 계속해서 덤비겠군."

게다가 뇌섬에 맞아 뼈가 깨져 나간 것으로 보아 몸의 내구도 역시 크게 강한 편은 아닌 듯했다.

아울러 몸놀림도 빠르지 않았다.

칼을 들고 있다는 것, 고통을 느끼지 못하고 무작정 덤벼든다는 것만 빼면 크게 위험하지 않은 상대였다.

스켈레톤에 대해 어느 정도 파악한 전율은 이번에는 속박뢰를 시전했다.

놈들의 움직임을 억압한 뒤 오러 피스트로 몸을 두들겨 볼 참이다.

마법에 뼈가 깨져 나간 것처럼 오러에도 깨져 나간다면 아까운 마나를 사용할 필요 없이 오러 하나로만 싸울 참이다.

그런데,

파지직! 지직!

속박뢰에 얻어맞은 스켈레톤들은 잠깐 움직임이 멎었을 뿐이내 다시 멀쩡하게 움직였다.

아무래도 속박 마법에 내성이 있는 모양이었다.

전율은 결국 주먹에 오러를 실어 그냥 달려 나갔다.

퍼억!

오러 피스트가 두 마리 스켈레톤 중 앞서 있는 놈의 허리뼈에 꽂혔다.

콰직!

오퍼 피스트에 얻어맞은 허리뼈가 산산조각 났다.

스켈레톤이 뒤늦게 검을 휘둘렀지만 애꿎은 허공만 벴다.

덜커덕!

상, 하반신이 동강 나 널브러진 스켈레톤은 계속해서 검을 놀렸다.

하지만 그렇게 위협적이지는 않았다.

파악! 퍽!

전율의 오러 피스트가 빠르게 두 번 튀어나가 스켈레톤의 양어깨를 부쉈다.

"이제 꼼짝 못하겠지."

그러나 그건 전율의 착각이었다.

잘려 나간 팔과 다리가 각기 움직이며 전율에게 다가오고 있었다.

상반신을 잃은 하반신이 벌떡 일어나 터벅터벅 걸음을 옮겼고, 검을 쥔 손은 손목을 열심히 움직여 전율의 다리를 베려 했다.

다른 손은 방패를 놓아버리고서 손가락으로 바닥을 긁으며 전율을 향해 전진했다.

그 광경이 마치 고어 영화를 보는 것만 같았다.

사지를 잃어 몸뚱이만 남게 된 스켈레톤의 붉은 안광이 더욱 짙어졌다.

스하―!

놈이 입을 쩍 벌리고 소름 끼치는 괴성을 토했다.

"이놈의 뼈다귀는 몇 조각을 내도 죽지 않는다 이거냐? 그럼 이건 어때?"

전율은 차가운 냉기가 풀풀 풍기는 놈의 입을 쾅 내리찍었다.

콰드득!

스켈레톤의 머리가 일격에 산산조각 났다.

그러자 따로 놀던 스켈레톤의 사지도 일제히 동작을 멈췄다.

비로소 죽음을 맞이한 것이다.

스켈레톤의 시체가 빛이 되어 사라지고 열 개의 링이 나타났다.

그것들은 전율의 몸으로 날아와 흡수되었다.

손등의 숫자가 230으로 늘었다.

"머리가 약점이군. 좋아, 할 만해."

전율은 스켈레톤을 상대하는 데 자신감이 붙었다.

아까 뇌섬에 맞아 흉골이 깨진 스켈레톤이 어느새 지척까지 다가와 있다.

휘익!

놈의 검이 전율의 어깨를 노리며 날아들었다. 군더더기 없이 깔끔한 동작이었지만 역시나 문제는 스피드였다.

쾅!

스켈레톤의 검은 전율의 몸에 닿기도 전에 오러 피스트에 맞아 산산조각이 났다.

무기를 잃은 스켈레톤은 전율에게 어린아이와도 같았다.

퍼억!

검이 조각났다는 걸 인지할 새도 없이 놈의 두개골이 터졌다.

머리를 잃은 스켈레톤은 힘없이 쓰러졌고, 전율에게 열 개의 링이 더 추가되었다.

"원래는 5링짜리인 놈들인가 보지?"

스켈레톤 두 마리를 손쉽게 처리한 전율은 다시 앞으로 나아갔다.

몬스터가 약한 걸 보니 던전이 미로처럼 복잡한 모양이다.

*   *   *

전율은 스켈레톤을 만나는 족족 피하지 않고 처리했다.

다섯 시간이라는 제한이 있기는 했지만, 스켈레톤을 처리하는 데는 그다지 많은 시간이 필요하지 않았기 때문이다.

오러 피스트로 두개골을 부수면 끝이었다.

오히려 미믹보다 상대하기가 수월했다.

게다가 우려와 달리 던전의 구조도 단순했다.

던전은 기본적으로 외길이었고 가끔 갈림길이 나왔지만 막다른 골목은 되돌아 나오면 그만이었다.

"이게 정말 18층 던전이야?"

생각보다 너무 난이도가 낮아 의구심이 드는 그때였다.

덜커덕, 덜컥, 덜커덕.

뼈마디 부딪치는 소리가 동시다발적으로 던전을 울리는가 싶더니 꺾어진 모퉁이 길에서 마흔 마리의 스켈레톤이 우르르 몰려나왔다.

이를 본 전율이 실소를 흘렸다.

"그럼 그렇지."

스켈레톤 군단은 통로를 가득 메우며 전율에게 천천히 걸어왔다.

아무리 스켈레톤이 상대하기 쉬운 몬스터라 하더라도 저렇게 많은 수와 근접전을 벌이는 건 위험했다.

무엇보다 부활 보너스가 없는 상황이라 만약의 경우를 생각해 몸을 사려야 했다.

전율이 스켈레톤 군단에게 랭크 2의 마법 뇌전의 창을 시전했다.

파지직! 지직!

전율이 뻗은 손 앞에 2미터 길이의 빛나는 창이 나타났다.

그것은 날카로운 파공성과 함께 날아가 스켈레톤 군단에 작렬했다.

퍼억! 번쩍!

무언가 터져 나가는 소리와 함께 빛이 번쩍하며 눈을 아리게 만들었다.

전율은 잠깐 눈을 감았다 떴다.

놀랍게도 그의 앞에는 통로의 중앙에 서 있던 스켈레톤 무리가 일제히 쓰러져 있다.

하나같이 머리와 흉부를 잃어버린 몰골이다.

통로의 좌측과 우측, 양 끝 부근에 몰려 있던 스켈레톤들은 멀쩡했다.

그들은 동료가 죽었음에도 전혀 개의치 않고 계속해서 전율에게 다가왔다.

그 수가 서른이다.

한 번의 일격에 열 마리의 스켈레톤이 죽어나간 것이다.

"이거 괜찮은데?"

뇌전의 창은 상당히 많은 마나를 소비한다.

그러나 그만큼 파괴력은 확실했다.

지금 전율의 상태에서 마나의 창을 연속으로 사용할 수 있는 횟수는 세 번이다.

전율은 통로 우측 끝으로 줄지어 몰려드는 스켈레톤 무리에게 한 번 더 뇌전의 창을 시전했다.

"뇌전의 창!"

쐐애애액! 퍼어억!

이번에도 번쩍하고 빛이 일었다 사라지는 순간 일렬로 걸어오던 스켈레톤 무리의 머리가 전부 없어졌다.

뇌전의 창은 계속해서 날아가 꺾어지는 통로의 벽에 부딪쳐 소멸했다.

머리를 잃은 스켈레톤 열두 구가 또다시 바닥에 쓰러졌다.

이제 남은 수는 열여덟.

생각 같아서는 한 번 더 뇌전의 창을 사용하고 싶었지만 이다음에 또 얼마나 많은 스켈레톤이 나올지 몰라 아껴두기로 했다.

마나가 저절로 차오르기는 하나 이 던전엔 제한 시간이 있다.

마나를 모두 소모해 스켈레톤을 쓸어버리고 다시 차오를 때까지 기다릴 여유가 없었다.

던전의 끝이 어디인지 알 수 없는 이상 불안정한 요소는 안고 가지 않아야 했다.

전율이 두 주먹에 오러를 두른 뒤 멀리 떨어진 스켈레톤 무리에게 잽을 날리듯 휘둘렀다.

그러자 맺혀 있던 오러가 쏜살같이 날아갔다.

오러 애로우였다.

퍼퍽!

검을 들고 어기적거리며 다가오던 스켈레톤 두 마리의 머리가 날아갔다.

전율은 연속으로 오러 애로우를 날렸다.

하지만 스켈레톤에게도 학습 능력은 있었다.

동료가 오러 애로우에 맞아 쓰러지는 걸 본 녀석들이 검을 들어 얼굴을 가렸다. 그러나,

파파파파파팍!

오러 애로우를 낡아빠진 쇳덩이 정도로 막을 수는 없었다.

얼굴을 가린 검이 깨지고 덩달아 머리도 터져 나갔다.

스켈레톤 여섯 마리가 모래성처럼 허물어졌다.

이제 스텔레톤은 딱 열 마리가 남아 있었다.

더 이상 상대하기 버거운 수가 아니다.

전율은 앞으로 달려 나가며 오러 애로우 두 방을 날렸다.

쐐애액! 퍼퍽!

두 마리의 스켈레톤을 제거하는 사이 전율과 여덟 마리의

스켈레톤의 거리는 단숨에 줄어들었다.

전율이 선두에 선 녀석의 머리에 오러 피스트를 꽂아 넣었다.

퍼걱!

놈은 제대로 공격 한번 해보지 못하고 머리가 터졌다.

뒤에 있던 스켈레톤들이 대형을 쫙 벌려 전율을 포위하듯 에워싸고 일제히 검을 휘둘렀다.

전율은 앞에 있는 놈의 가슴을 어깨로 들이받고 질주했다.

카카카카카캉!

전율이 있던 자리에 일곱 자루의 검이 떨어지며 불똥을 튀겼다.

전율은 어깨로 들이밀어 바닥에 쓰러진 놈의 머리를 부쉈다.

퍼억!

남은 놈들이 전율을 향해 달려왔다.

사실 그건 달린다고 보기에도 애매했다.

하도 움직임이 느려 그저 경보를 하는 수준이다.

"그래서 파리나 잡겠냐."

스켈레톤 무리가 사정권에 들어온 순간, 전율의 주먹이 불을 뿜었다.

퍼퍼퍼퍽!

삽시간에 네 마리의 스켈레톤이 또 당했다.

그리고 남은 세 마리 역시 앞선 녀석들과 별다를 바 없이 전율에게 상처 하나 남기지 못하고서 머리가 날아갔다.

순식간에 마흔의 스켈레톤을 정리한 전율은 오러를 거두어 들이고 손을 탁탁 털었다.

"싱겁군."

쪽수가 많아 조금 긴장했는데 생각보다 정리하기가 수월했다.

마법이 있기에 가능한 일이었다.

하지만 굳이 마법을 사용하지 않았더라도 어떻게든 상대할 수는 있었을 터다.

전율은 본래가 타고난 싸움꾼이다.

힘과 스피드가 일반인보다 월등히 뛰어났고 전투 감각도 발군이다. 거기에 동물 같은 반사 신경까지 갖췄다.

지금껏 사람을 상대로 한 싸움에서는 한 번도 져 본 적이 없다.

그런데 오러의 힘을 얻었으니 뼈다귀로 이루어진 스켈레톤 쯤이야 쉽게 찜 쪄 먹을 수 있는 수준이다.

바닥에 널브러진 스켈레톤의 시체가 사라지고 링이 수북이 쌓였다.

링은 전부 전율의 몸으로 흡수되었다.

손등의 숫자는 820이 되었다.

"좋아, 계속 벌자."

전율은 바쁘게 전진했다.

스켈레톤은 정해진 규칙 없이 때로는 무더기로, 때로는 소수 인원으로 나와 앞길을 막았다.

전율은 녀석들을 간단하게 처리하며 단순한 미로를 돌파해 나갔다. 그러던 와중, 갑자기 초백한이 말을 걸어왔다.

[주인님!]

"초백한, 무슨 일이지?"

여태껏 잠자코 있던 초백한이다. 한데 다급히 말을 거니 전율은 무슨 일인가 싶었다.

[근처에서 주인님의 몸 안에 존재하는 기운과 비슷한 기운이 느껴져요. 정확히는 심장에 있는 기운과 가장 비슷한 것 같아요.]

심장에 있는 기운이라고 하면 마나이다.

전율은 고개를 갸웃거리며 주변을 훑어봤다. 하지만 사위는 전부 딱딱한 벽으로 가득할 뿐이다.

"그 기운이 어디서 느껴지지?"

[저를 소환해 주세요!]

"초백한 소환."

전율의 부름에 이마에서 흘러나온 하얀 빛 무리가 바닥에 내려앉아 초백한으로 바뀌었다.

초백한은 소환되자마자 부리를 딱 하고 부딪치더니 좌측의
벽으로 다가갔다. 그러고는 벽을 콕콕 찍었다.

[이 벽 너머에서 느껴져요.]

"벽 너머라고?"

전율은 반신반의하며 초백한이 가리킨 벽으로 걸어갔다. 그
리고 주먹으로 벽을 가볍게 두들겼다.

통통.

"음?"

마치 잘 익은 수박을 두들기는 것 같은 소리가 들린다.

벽 안에 빈 공간이 있는 것 같았다.

전율은 오러 피스트로 벽을 후려쳤다.

퍽!

그러자 벽이 쩌저적 하고 허물어져 내렸다.

얇은 벽 너머에는 예상대로 빈 공간이 있었다. 그리고 미믹
과 꼭 닮은 보물 상자가 놓여 있었다.

전율은 혹시나 싶어 상자를 발로 걸어찼다.

하지만 아무런 반응이 없었다. 진짜 보물 상자였다. 초백한
이 상자를 부리로 콕콕 찍었다.

[이 상자 안이에요!]

전율은 상자의 뚜껑을 거침없이 열었다. 그러자 나타난 것은 파란색 이파리와 보라색 줄기, 하얀색의 두꺼운 뿌리를 가진 식물이었다.

그런 식물이 전부 다섯 뿌리나 있었다.

전율이 뿌리 하나를 집어 가만히 바라보자 마치 스토어에서 아이템을 확인하는 것처럼 뿌리의 위로 설명이 떠올랐다.

—마나 루트 : 뿌리에 마나를 저장하고 있는 식물. 50년 근. 복용하면 어느 정도의 마나를 얻을 수 있다.

"마나 루트? 이런 것도 있나?"

그때 페이의 음성이 전율의 머릿속에서 울려 퍼졌다.

[축하드립니다. 사자의 동굴에서 아무도 획득하지 못한 숨겨진 보물을 발견했습니다. 최초 발견자의 혜택으로 500링이 지급됩니다.]

페이의 말이 끝나는 순간 전율의 손등에 있던 숫자에 500링이 추가되었다.

"꿀 빨았군."

전율은 기분이 좋았다.

마나를 증진시켜 주는 마나 루트 다섯 뿌리를 발견한 것도 대박인데 500링까지 공으로 얻었다.

이게 전부 초백한 덕분이었다.

잘 키운 신수 하나, 열 아들 부럽지 않았다.

전율이 초백한의 머리를 쓰다듬었다.

"잘했다."

[헤헤, 감사합니다. 그런데요, 주인님. 마나 루트의 맛은 어떨까요?]

"배고프니? 넌 40년 근 천종산삼을 먹어서 앞으로 40년간은 허기질 일이 없다면서?"

[아니요, 그게 아니라 이건 어떤 맛일까 싶어서요.]

전율이 피식 웃고서 더 거칠게 초백한을 쓰다듬었다.

그에 기분이 좋아진 초백한이 날개를 퍼덕이며 물었다.

[다섯 뿌리나 있으니 한 뿌리만 제가 먹어봐도 될까요? 헤헤.]

전율은 여전히 미소를 지우지 않은 얼굴로 말했다.

"응, 안 돼. 봉인, 초백한."

[……]

초백한은 빛으로 화해 전율의 정신에 봉인되었다.

재주는 곰이 부리고 돈은 사람이 챙긴다더니 지금이 딱 그 짝이었다.

하지만 전율도 어쩔 수 없었다.

마나를 증진시킬 수 있는 방법이 현재로서는 스토어에서 마나 하트를 사는 것밖에 없는데, 마나 루트라는 걸 발견했으니 쉽게 주기가 아까웠다.

"너무 삐치지 마라, 초백한. 내가 어느 정도 성장하고 나면 그때는 너한테도 마나 루트 한 뿌리 정도 맛보게 해줄 테니."

[……]

하지만 초백한에게서는 아무런 대답도 들려오지 않았다.

단단히 삐친 게 분명했다. 전율은 크게 신경 쓰지 않고 다시 마나 루트로 시선을 돌렸다.

"이건 그냥 먹으면 되는 건가?"

뿌리는 흙이 조금 묻어 있는 것 말고는 깨끗한 상태였다.

전율은 마나 루트 한 뿌리를 손으로 툭툭 털어 와작 씹어 먹었다.

딱히 맛 같은 건 없었다.

대신 흙냄새가 조금 났고 입안이 화해지는 청량감으로 가득 찼다.

전율이 한 뿌리를 금세 먹어치웠다.

그리고 몸 안의 상태를 관조했다.

마나 루트로부터 섭취한 마나가 몸 안을 휘돌다가 심장으로 갈무리되었다.

거부반응은 전혀 없었다.

전율은 상태창을 확인했다.

마나의 성장도가 2%에서 22%로 올라 있다. 마나 루트 한 뿌리에 무려 20%나 오른 것이다.

"대박이군."

그것은 마나 루트가 50년 근이라 가능한 일이었다.

보통 마나 루트의 수명은 40년이 고작이다. 40년이 넘도록 발견되지 못하면 모두 시들어 뿌리에 품고 있던 마나의 기운이 대지로 흩어져 버린다.

하지만 간혹 10년을 더 사는 마나 루트가 있었다.

이 마나 루트의 경우 다른 마나 루트보다 훨씬 많은 마나를 축적하게 된다.

천운이 따르지 않는 이상 50년 근 마나 루트를 캐는 일은 어려운 일이었다.

전문적으로 마나 루트만 캐러 다니는 사람들도 평생토록 50년 근 한 뿌리를 캐는 게 힘들 정도이니 말이다.

그런데 그런 게 다섯 뿌리나 동굴 안에 감추어져 있었다.

하지만 그 누구도 이것을 발견하지 못한 이유는 사자의 동굴의 특수성 때문이었다.

사자의 동굴은 다섯 시간 이내에 탈출하는 게 목표이다.

그리고 복잡하지는 않지만 어찌 되었든 미로의 구조를 하고 있다.

그러니 이 던전을 탐험하는 모험가들은 오로지 탈출하는 것에만 신경을 곤두세우고 있어 마나 루트를 찾지 못한 채 그냥 지나쳐 버리고 마는 것이다.

하나 전율은 초백한의 도움을 받아서 숨겨진 마나 루트를 발견할 수 있었다.

전율이 남은 네 뿌리도 모조리 먹어치웠다.

그러자 마더의 음성이 들려왔다.

[마나의 랭크가 업그레이드되었습니다.]

전율도 알고 있었다.

상태창이 여전히 전율의 눈앞에 나타나 있었기 때문이다.

〈전율 님의 능력치〉

[오러]
랭크 : 2
성장도 : 23%
색 : 노란색
사용 가능 기술 : 오러 피스트(Aura Fist), 오러 애로우(Aura

Arrow)

[마나]

랭크 : 3

성장도 : 1%

사용 가능 기술 : 뇌섬(雷殲), 속박뢰(束縛雷), 뇌전(雷電)
의 창(槍), 폭뢰(爆雷)

[스피릿]

랭크 : 2

성장도 : 1%

사용 가능 기술 : 위압(危壓), 호의(好意), 지배(支配), 최
면(催眠)

테이밍 가능한 생명체의 수 : 1/3

테이밍된 생명체 : 초백한

마나의 랭크가 3으로 올랐고, 사용 가능 기술이 하나 늘어
났다.

폭뢰.

전율은 이 기술에 대해서도 잘 알고 있었다.

동그란 뇌전의 구가 날아가 목표물에 맞는 순간 어마어마

한 폭발을 일으키며 터져 나가 사방에 벼락을 뿌린다.

터지는 순간의 공격 범위는 직경 4미터에 달한다.

응축된 뇌전 에너지를 직선으로 쏘아 보내는 뇌전의 창보다 파괴력은 약하지만 광범위 대미지를 주기에는 정말 좋은 마법이었다.

전율은 뿌듯함을 안고 다시 미로를 달려나갔다.

Chapter 15.
퍼스트 워커(First Walker)

던전에 들어선 지 두 시간이 흘렀다.

하지만 전율은 그것을 모르고 있었다.

전율뿐만이 아니라 사자의 던전에 들어선 이들 대부분은 시간 개념이 흐려진다.

이곳은 시계가 없고, 태양도 없으며, 별도 없다.

한마디로 시간을 측정할 방법이 전혀 없다는 것이다.

게다가 미로를 헤치고 나가며 몬스터들을 상대해야 한다. 때문에 던전에 들어선 지 얼마 되지 않아 시간 개념이 사라지는 것이다.

자신이 얼마나 오랫동안 헤매고 있는 건지, 앞으로 제한 시간까지 얼마나 남았는지 알 수가 없다.

마음은 점점 급박해지고, 그래서 몬스터들을 상대하기보다는 따돌리며 앞으로 나아가는 방법을 택하는 경우가 많았다.

보너스 항목에 모든 몬스터 섬멸 시 1,000링을 추가로 지급해 준다고 언급되어 있었지만, 거의 모든 모험가가 그것을 미끼로 생각했다.

1,000링에 눈이 멀어 던전의 탈출 시간을 늦추도록 하기 위한 미끼 말이다.

전율도 슬며시 그런 생각이 들었다.

이 던전이 언제 끝나는지도 모르고 앞으로 얼마나 많은 몬스터가 더 나올지 모르기 때문이다.

"시간의 흐름이라도 알았다면."

그게 제일 막막했다.

시간의 흐름을 알 수 없는 것.

마스터 콜에 불려 가면 스마트폰의 시간은 정지해 버린다.

시간뿐만이 아니라 아예 모든 기능 자체가 먹통이 된다.

그러니 타임 워치를 사용할 수도 없었다.

답답함에 전율이 푸념을 늘어놓는 순간 마더의 음성이 들려왔다.

[전율 님께서 던전에 들어오신 지 1시간 44분 38초가 지나가고 있습니다.]

"마더, 이 예쁜 것!"

전율이 신나서 소리쳤다.

마더는 알아서 위기를 해결해 주는 경우는 없지만, 전율이 전전긍긍하고 있을 땐 꼭 큰 도움을 준다.

전율은 꽉 막힌 속이 뻥 뚫리는 것 같았다.

"마더, 두 시부터는 삼십 분 간격으로 내게 시간을 알려줘."

[알겠습니다.]

전율은 한시름 놓았다.

물론 흘러버린 시간을 알았다고 모든 일이 해결되는 건 아니었다.

던전의 끝이 어딘지는 여전히 모르고 있으니 말이다. 당연히 전율의 발은 빠르게 움직였다. 동굴의 벽이 바람처럼 밀려 지나갔다. 이번에는 한참을 달렸는데도 스켈레톤이 나타나질 않았다.

"몬스터는 더 이상 안 나오는 건가?"

입이 방정이라던가?

전율이 말을 하자마자 몬스터가 나타났다.

하지만 스켈레톤이 아니었다.

그어어어어어어!

온몸에 붕대를 감고 비척거리며 다가오는 그것은 미라였다. 하지만 머리 위에는 '드루가'라는 이름이 떠 있다.

"너는 또 어떤 녀석이냐."

처음 보는 몬스터는 일단 경계하고 보는 전율이다.

미믹 때처럼 뭣 모르고 다가갔다가 괜히 봉변을 당하면 안 되기 때문이다.

"어차피 한 놈, 간 좀 보자."

전율이 속박뢰를 쏘아 보냈다.

파지직거리며 전류가 드루가의 몸을 감쌌다.

그러나 스켈레톤처럼 잠시 멈칫거릴 뿐 속박에 걸리지는 않았다.

언데드 계열의 몬스터에겐 속박이 잘 먹히지 않는 모양이었다.

"그렇다면."

전율이 오러 애로우를 날렸다.

빠르게 날아간 오러 애로우가 드루가의 오른쪽 어깨를 관통했다.

픽! 투둑.

팔 하나가 통째로 떨어져 나갔다.

하지만 드루가는 떨어져 나간 팔에 신경도 쓰지 않고 빠르게 달려들었다. 녀석은 스켈레톤과는 비교도 안 되는 민첩함을 자랑했다.

순식간에 거리를 좁힌 드루가가 하나 남은 팔을 크게 휘둘렀다. 그러자 팔에 감긴 붕대가 확 풀리며 채찍처럼 전율의 목을 휘감으려 했다.

전율은 뒤로 물러나 그것을 피했다.

풀린 드루가의 붕대가 다시 팔에 감겼다.

그러는 사이 전율의 지척까지 다다른 드루가가 붉은 안광을 빛내며 주먹을 내질렀다.

퍽!

얼굴로 날아드는 주먹을 전율이 손바닥으로 막았다.

상당한 괴력을 자랑하는 드루가였지만 지금의 전율에게는 크게 위협이 되지 않는 정도였다.

'붕대를 자유자재로 사용하고 박투를 할 수 있지만 충분히 제압 가능해. 쉽다.'

방금 전 공격으로 판단을 내린 전율은 오러 피스트를 드루가의 얼굴에 박아 넣으려 했다.

한데 그 순간,

그어어!

드루가의 입이 쩍 벌어지며 녹색 가스가 뿜어져 나왔다.

그것을 조금 들이켠 전율이 황급히 뒤로 물러났다.

"큽!"

갑자기 머리가 핑 돌고 숨이 가빠졌다.

마더가 경고를 보냈다.

[독성 물질이 침입했습니다. 극소량이라 시간이 흐르면 자연 치유되겠지만 많이 흡입할 경우 생명에 지장이 있을 수 있습니다.]

"젠장, 한 방이 있는 놈이었군."

전율은 시야의 초점이 제대로 잡히지 않았다. 멀쩡히 서 있는 드루가가 두 개로 나뉘어 보였다.

전율이 머리를 휘휘 털어 정신을 차리려 했다.

하지만 해독이 완전히 끝나기 전까지는 그런 현상이 지속될 것이다.

기회를 잡은 드루가가 망설임 없이 달려들었다.

그어어!

드루가의 몸에서 풀어 헤쳐진 붕대가 쏜살같이 날아와 전율의 왼팔을 감았다. 녀석은 지금 전율을 만만히 보고 있었다. 그게 전율의 심기를 확 건드렸다.

"개새끼가! 내가 누군 줄 알고!"

전율은 붕대가 감긴 왼팔을 확 당겼다.

그러자 드루가가 엄청난 힘에 이끌려 허공을 붕 날았다.

전율의 주먹에 노란빛 오러가 어렸다.

"죽어!"

코앞까지 날아온 드루가의 머리에 오러 피스트가 작렬했다.

퍽! 콰자작!

드루가의 머리가 산산조각 나며 터졌다. 어깨 위가 허전해
진 드루가는 바닥에 처박혀 파르르 떨다가 축 처졌다.

놈의 시체가 사라지며 열네 개의 링이 떨어졌다.

링은 모두 전율의 몸으로 흡수되었다.

"후우."

한숨 돌린 전율은 눈을 질끈 감았다가 서서히 떴다.

다행스럽게도 전처럼 시야가 어지럽지 않았다. 미약한 빈혈
도 사라졌고, 가빠진 숨은 원래의 페이스를 되찾았다.

그러나 속이 조금 거북했다.

하지만 쉬었다 갈 시간은 없었다.

전율은 다시 걸음을 재촉했다.

*   *   *

드루가는 유독가스만 조심하면 충분히 상대할 수 있었다.

전율은 서넛씩 짝지어 나오는 드루가들을 계속해서 죽여 나가며 출구를 찾았다.

사실 무시하고 갈 수도 있었다.

하지만 처음에 자신을 우습게 본 드루가 하나 때문에 열이 받은지라 눈에 보이는 두르가를 족족 섬멸하는 중이다.

물론 아무리 열이 받았다고 해도 이 녀석들을 상대하는 게 버겁거나 시간을 많이 소비하게 된다면 그냥 지나쳐 갔을 것이다.

하나 드루가 역시 스켈레톤처럼 머리가 약점이었다.

먼저 다가가 머리부터 날리면 게임 끝이었다.

전율은 순풍에 돛 단 듯 거침없이 던전을 질주했다. 그러다 그의 발이 탁 멈췄다.

전방에서 족히 오십은 되어 보이는 드루가가 밀려오고 있었기 때문이다.

그때 마더의 알림이 들려왔다.

[던전에 입장한 지 세 시간 반이 흘렀습니다. 남은 시간은 한 시간 반입니다.]

드루가를 상대하면서 거의 두 시간 정도를 보낸 것이다.

전율은 이것들을 무시하고 지나갈까 하다가 한 손을 앞으로 내밀며 시전어를 외쳤다.

"폭뢰!"

그러자 허공에 번개의 구가 나타났다.

전율이 내민 손을 뒤로 당겼다가 다시 앞으로 뻗는 순간 번개의 구가 전광석화처럼 쏘아져 나갔다.

쐐애애애액!

바람을 가르며 날아간 번개의 구가 선두에 있는 두르가의 머리에 작렬했다.

파직! 지지직!

이어서 폭발했다.

콰아아아아앙! 번쩍! 번쩍! 콰르릉! 파직! 파지직!

폭발 지점으로부터 직경 4미터에 달하는 공간에 번개가 쏟아져 내렸다.

던전의 통로는 쉴 새 없이 번쩍이며 암흑과 빛이 엇갈렸다.

드루가의 머리 위로 소나기처럼 쏟아져 내리는 번개 다발은 한동안 그칠 줄을 몰랐다.

엄청난 굉음이 공간을 떨어 울렸다.

바닥은 지진이 난 듯 몸살을 앓았다.

그렇게 끝나지 않을 것 같은 수 초간의 시간이 흐른 뒤 갑작스런 정적이 찾아왔다.

전율이 눈앞을 가리고 있던 손을 내렸다. 그리고 보았다. 까맣게 타 죽어버린 드루가 무리를.

"이게… 폭뢰!"

시전하는 데 마나의 반 이상을 소모하긴 했지만, 오십이 넘는 드루가를 한 번에 정리했다.

실로 어마어마한 위력이 아닐 수 없었다.

"그으으으……."

전멸한 줄 알았던 그루가 무리에서 한 놈이 몸을 일으켰다.

전율은 녀석에게 뇌섬을 날렸다.

번쩍! 파지직!

매섭게 뻗어 나간 번개에 머리를 얻어맞은 드루가가 다시 쓰러졌다.

드루가들의 시체는 일제히 사라졌고, 어마어마한 양의 링이 전율에게 흡수되었다.

전율은 손등의 숫자를 확인했다.

그동안 언데드 몬스터들을 잡으면서 모은 링이 무려 3,210이나 됐다.

남은 시간은 한 시간 반.

여유는 점점 사라지고 있었다.

*   *   *

드루가는 그 이후에도 계속 튀어나왔다.

앞을 가로막는 녀석들을 모조리 처치하며 가다 보니 또다시 새로운 언데드 몬스터가 나타났다.

그런데 새롭다고 하기에는 기본 외형이 스켈레톤과 상당히 닮아 있었다. 양손에 방패와 칼을 들고 있는 것도 같았다. 다만 다른 것은 골격이 좀 더 장대하고 투구를 착용했다는 것이다.

무엇보다 다른 건 머리 위에 떠 있는 이름이었다.

녀석의 이름은 스켈레톤이 아닌 '본 워리어'였다. 스켈레톤의 업그레이드 버전인 것이다.

"이 녀석은 드루가보다 강하겠지."

던전의 특성상 새로 등장하는 몬스터가 그전의 몬스터보다 약하다는 건 말이 안 된다.

"그래도 어차피 뼈다귀. 들어와, 새끼야."

본 워리어가 말을 알아듣기라도 한 듯 우렁찬 고함을 질렀다.

우워어어어어어!

녀석이 검신으로 쇠 방패를 탕탕 치더니 성난 황소처럼 달려들었다.

둘의 거리가 좁혀지고 서로의 사정권에 다다른 순간, 전율의 주먹이 불을 뿜었다.

퍼걱!

*　　　*　　　*

전율은 속에서 단내가 올라왔다.

"헉! 헉! 마더, 시간 얼마나 남았어!"

[12분 남았습니다.]

"젠장, 끝이 어디야!"

전율은 본 워리어도 가볍게 처치했다.

이제는 언데드 몬스터의 대가리만 날리는 게 거의 득도의 경지에 오를 정도였다.

불쑥불쑥 나타나는 본 워리어들을 삽시간에 정리하며 계속 던전을 나아가다 보니 어느 순간부터는 코빼기도 보이지 않았다.

스켈레톤이나 드루가처럼 떼거지로 앞을 가로막는 일은 없었다.

그때부터 전율은 전력을 다해 달리기 시작했다.

문제는 몬스터가 사라진 그 시점부터 미로가 복잡해져 버린 것이다.

처음엔 두 갈래 길만 나왔는데 이제는 세 갈래, 네 갈래 길까지 나타났다.

다행인 건 갈라진 길이 다시 갈라지지 않는다는 것이다.

길을 잘못 든 경우엔 돌아서서 나오면 된다.

하지만 그건 그것 나름대로 곤욕이었다.

한 번에 바른 길을 찾으면 좋겠으나 어떻게 된 게 들어가는 길마다 막혀 있고 되돌아 나와서 마지막으로 진입하는 곳이 제대로 된 길인 경우가 허다했다.

'내가 찍기에 좀 약하긴 했지만 이건 너무하잖아.'

전율은 감으로 뭔가를 찍는 것엔 도통 소질이 없었다.

[전율 님의 찍기 실력을 수치화시켰습니다. 마이너스…….]

"닥쳐, 마더."

불난 집에 부채질이 따로 없었다.

마더는 장난을 치는 인공지능이 아닌지라 진지하게 말하는 것이다. 그게 더 기분 나빴다.

[남은 시간은 5분입니다. 카운트다운에 들어갑니다. 4분 59초, 58초, 57초…….]

"닥치라니까!"

이놈의 인공지능은 너무 FM이라 탈이다.

주인의 기분이나 심정 같은 건 신경을 쓰지 않는다. 기계이기 때문에 눈치가 개미 뒷다리만큼도 없었다.

얼마나 오래 달렸는지 발바닥이 아렸다.

내단을 흡수했기에 전율은 초인적인 체력을 가지고 있었지만, 거의 다섯 시간가량 되는 시간을 쉼 없이 싸우면서 달려오다 보니 이제 그 체력도 한계에 다다랐다.

급한 마음과는 반대로 다리가 점점 느려졌다.

시간은 촉박해 죽겠는데 이번엔 일곱 갈래 길이 나타났다.

"어디로 가야 돼? 마더, 혹시 알아?"

[메모리에 없는 상황입니다. 파악 불가합니다.]

"제기랄!"

전율은 가장 오른쪽 길로 들어섰다. 하지만 역시나 그렇듯이 막힌 길이었다.

다시 밖으로 나와 그 옆길로 들어섰다. 이번에도 막혀 있다. 되돌아와서 그 옆길로 들어서며 던전이 떠나가라 욕을 내뱉었다.

그러는 사이 3분이 더 지나갔다.

전율은 가운데 길로 들어갔다. 또다시 막힌 길이다.

남은 길은 세 개, 남은 시간은 2분.

이번에도 잘못된 길로 들어서면 희망이 없었다.

아니, 이미 희망 따위 저 멀리 날아가 버린 건지도 모른다.

여기서 길을 제대로 찾는다 하더라도 그 뒤에 또다시 갈림길이 나와 버리면 게임 오버다.

두 번 다시 마스터 콜을 받지 못한다.

'절대 안 돼!'

던전을 우습게 본 건 아니지만 몬스터들을 쉽게 처리하다 보니 방심한 모양이다.

전율은 남은 갈림길 중 가장 오른쪽 길로 들어섰다.

"제발 뚫려라, 뚫려!"

하지만 이번에도 길은 막혀 있었다.

[남은 시간은 1분. 카운트다운을 시작합니다. 59, 58, 57······.]

복장 터질 지경이었지만 화를 낼 시간도 없었다.

이 길의 막다른 곳까지 도달하는 데 1분이 소모됐다. 이제 돌아가면 늦어버린다.

"이익!"

전율이 주먹에 오러를 실었다. 그리고 좌측의 벽을 때렸다.

콰앙!

어마어마한 충격에 굉음이 울렸다. 오러 피스트에 얻어맞은 벽이 조금 허물어졌다.

만약 일반적인 동굴이었다면 그 한 방으로 큰 구멍이 뚫렸을 것이다.

그러나 이 던전은 일반적인 동굴이 아니었다.

"으아아아아아아아!"

콰콰콰콰콰콰콰쾅!

전율이 두 주먹을 번갈아가며 무섭게 벽에다 내려쳤다.

[43, 42, 41, 40, 39…….]

시간은 속절없이 흘러갔고, 벽은 계속 조금씩 파였다.

"무너져!"

콰콰콰콰콰콰콰쾅!

오러가 주먹을 감싸고 있었지만 안으로 파고드는 충격에 주먹이 터져 나갔다.

붉은 피가 주먹을 온통 적시고 전율의 얼굴에 마구 튀었다.

[26, 25, 24, 23, 22…….]

"무너지라고!"

콰콰콰콰콰콰콰쾅!

어느새 전율은 자신의 피를 이리저리 뒤집어쓴 몰골이 되었다.

이미 주먹은 뼈가 전부 나가 엉망이다.

하지만 멈추지 않았다.

[15, 14, 13, 12, 11…….]

남은 시간은 10초!

"으아아아아아!"

콰콰콰콰콰콰콰쾅! 콰아앙!

전율이 혼신의 힘을 다해 마지막 한 방을 휘둘렀다.

그 순간,

퍼걱! 쿠릉! 쿠르릉! 와르르르!

드디어 벽이 허물어졌다.

전율은 뻥 뚫린 구멍으로 몸을 날렸다.

만약 이 길이 아니라 아직 들어가 보지 않은 나머지 길이 출구라면 끝장이다.

전율은 길에 들어서자마자 앞을 살폈다.

"뚫렸다!"

다행히도 길은 뚫려 있었다.

전율은 주먹의 아픔도 잊고 미친 듯이 달렸다.

[8, 7, 6, 5…….]

줄어드는 카운트다운이 마치 남은 생명줄 같은 기분이다.

"끝이 어디야!"

전율이 소리치며 휘어진 골목을 꺾어 들어가는 순간 확 트인 공동이 나타났다.

그리고 공동의 끝에 거대한 문이 있다.

출구였다.

"저기다!"

[4.]

이제는 시간이 빠르냐 전율의 발이 빠르냐의 문제였다.

하지만 이런 속도로는 도저히 출구에 도달할 수가 없었다.

출구까진 아직 백오십 미터 정도가 남아 있는데 남은 시간은 4초다.

[3.]

전율은 미친 듯이 달리다 말고 출구를 등진 채 섰다.

그러더니 오러가 깃든 왼손으로 복부를 가리고 그 위에 오른손을 얹은 뒤 눈을 질끈 감고 소리쳤다.

"뇌전의 창!"

[2.]

전율의 오른손에서 튀어나온 뇌전의 창이 오러가 어린 왼손에 작렬했다.

꽈아아아아앙!

동시에 전율의 몸이 엄청난 진동을 일으키며 뒤로 무섭게 날아갔다.

그것은 달리는 것과는 비교가 되지 않을 만큼 엄청난 속도였다.

[1.]

"제바아아아아알!"

뇌전의 창이 주는 충격은 어마어마했다.

오러로 창의 물리적 타격을 막아내고 있음에도 복부가 뚫리고 오장육부가 뒤집어지는 것 같았다.

[0.]

카운트 제로가 되는 그때,

콰아아앙!

전율의 몸이 출구의 문에 부딪쳤다.

하지만 한번 시전된 뇌전의 창은 사라지지 않고 계속해서 전율의 몸을 압박했다.

"크으으으!"

전율이 왼 손등에 오른손을 겹쳐, 있는 힘을 다해 뇌전의 창을 밀어냈다.

파지직! 지직!

뇌전의 창이 몸에서 살짝 떨어지며 약간의 공간이 생긴 순간, 전율은 허리를 틀었다. 그러자 뇌전의 창은 문에 부딪쳐 엄청난 전류를 방출하고서 사라졌다.

"하악! 하악!"

정말로 죽을 뻔했다.

마법의 무서움을 몸소 체험했다.

"시간은?!"

전율은 벌떡 일어서 문을 마주 보고 섰다.

"…열려라. 제발 열려."

간절한 마음을 담아 전율은 빌었다.

이윽고,

드드드드드득.

결코 열리지 않을 것 같던 두꺼운 문이 양옆으로 활짝 열렸다. 이어 페이의 음성이 들려왔다.

[축하드립니다. 사자의 던전을 시간 내에 돌파했습니다. 보상으로 700링을 드립니다. 모든 몬스터를 섬멸하셨습니다. 보너스 보상으로 1,000링을 드립니다.]

"하아아! 됐다, 시팔."

긴장이 풀리자 온몸의 기운이 쫙 풀려 나가는 전율이다.

그대로 무너지려는 두 다리를 간신히 붙잡고 서 있는데 페이의 음성이 계속해서 이어졌다.

[전율 님께서는 사자의 던전에 있는 모든 몬스터를 토벌하고 숨겨진 마나 루트를 발견해 최초로 사자의 던전을 완전 정복했습니다. 겉으로 드러나지 않는 조건을 충족해 던전을 완

전 정복하는 최초의 인물에게는 퍼스트 워커의 칭호가 수여되며 보상으로 1,000링을 드립니다.]

"이 던전을 완전 정복한 게 내가 처음이라고?"

[전율 님처럼 모든 몬스터를 처리하고 가까스로 제한 시간 내에 도착한 이들은 몇 있었지만 마나 루트까지 발견한 이는 없었습니다. 사자의 정복을 완전 정복하기 위해서는 그 두 가지 조건을 충족시켜서 제한 시간 내에 출구까지 도착해야 합니다.]

"그렇군."
생각지도 않은 1,000링이 굴러들어 오니 전율은 기분이 좋았다.
퍼스트 워커라는 칭호보다 당장 물질적으로 환원할 수 있는 링이 전율에겐 훨씬 더 가치 있었다.
하지만 거기서 끝이 아니었다.

[사자의 던전에 있는 모든 언데드 몬스터를 섬멸하셨으므로 '언데드 청소부' 타이틀을 얻게 되었습니다.]

"언데드 청소부? 그게 뭔데?"

[타이틀에 대해 설명해 드리겠습니다. 타이틀은 던전에서 일정 조건을 충족할 경우 얻을 수 있는 것으로서 각각의 타이틀엔 특별한 힘이 담겨 있습니다. 그 힘은 타이틀을 착용함으로써 개방할 수 있고 대부분이 1회성입니다. 힘이 사용된 경우 타이틀은 소멸됩니다. 언데드 청소부 타이틀에 깃든 힘은 '부활'입니다.]

"부활?"

[만약 새로운 던전을 입장했을 시, 퀘스트 보너스 항목에 1회 부활이라고 적혀 있는 경우 언데드 청소부 타이틀의 힘으로 한 번 더 부활할 수 있습니다. 보너스 항목에 1회 부활이라고 적혀 있지 않으면 언데드 청소부 타이틀의 힘으로 한 번만 부활이 가능합니다. 즉 언데드 청소부 타이틀을 착용하면 부활의 기회가 한 번 더 늘어난다는 것입니다.]

"타이틀을 착용하는 방법은 뭐지?"

[타이틀 착용이라고 말하면 모험가님께서 얻은 타이틀 목

록이 눈앞에 떠오를 겁니다. 그중 착용하고 싶은 타이틀을 터치하시면 됩니다. 타이틀은 문신의 형태로 신체에 착용됩니다. 착용 부위는 모험가님께서 지정할 수 있습니다.]

"무슨 말인지 알았어. 그런데……."
전율은 궁금한 것이 생겼다.
"페이, 너도 아이딜처럼 외계 종족인 거야? 그래서 데모니아를 막기 위해 레모니아와 함께하는 건가?"
하지만 전율은 원하는 대답을 듣는 대신 축객령을 받았다.

[스토어로 향하는 문이 열려 있습니다. 어서 가십시오.]

"…그래, 가야지."
전율은 정신을 다시 가다듬고 빛을 가득 품은 문 너머로 한 발을 내디뎠다.
그러다 문득 멈춰 서서 페이에게 말했다.
"페이, 마스터 콜을 만든 게 레모니아니까 언데드 청소부라는 타이틀명을 만든 것도 그녀겠지? 그녀한테 전해줘. 작명 센스는 형편없는 것 같다고."

[…던전을 관리하고 던전에 관련된 모든 것을 만드는 건 접

니다만.]

    "…급하게 스토어에서 살 게 생각났어. 그럼 이만."
    전율은 던전을 헤맬 때보다 빠른 속도로 도망쳤다.

Chapter 16.
요수(妖獸)

"스토어에 온 걸 환영해요, 전율 님."

오늘 아이딜은 경찰 제복을 입고 있었다.

하지만 일반적인 여경의 복장이 아니었다.

몸의 굴곡이 적나라하게 드러날 만큼 타이트했다. 치마는 옆트임이 되어 있어 허벅지 살이 보였고, 그 밑으로는 어김없이 가터벨트가 검은 스타킹과 이어져 있다.

상의는 기장이 짧아 거의 배꼽티나 다름없었다.

"지금 제 모습 얼마나 좋아요?"

아이딜이 허리를 굽혀 두 손으로 무릎을 짚었다. 그러면서

양팔로 은근히 가슴을 모으고 윙크를 찡긋 날렸다.

전율은 잠시 동안 자신의 성 정체성에 대해 고민했다.

"내가… 이런 복장도 좋아한다고?"

"그럼 지금 싫으세요?"

"……."

딱히 아니라고 부정할 수가 없으니 문제였다.

"이제는 그만 인정하세요. 저번에도 말했지만 스토어에서 일하는 우리 레드싱 종족은 모험가에게 몸도 팔아요. 그렇기 때문에 모험가의 성적 취향에 가장 적합한 형태로 변형하는 거예요."

레드싱 종족은 원하는 대상의 기억을 읽을 수 있었다.

그렇다고 모든 기억을 전부 읽는 건 아니다.

대상의 성적 취향이라든가, 가장 좋아하는 사람, 커다란 공포의 대상 등등 극단적인 기억을 읽을 수 있는 것이다.

"어때요? 오늘은 생각이 있으세요?"

아이딜이 치마 한쪽을 잡고 슬쩍 들어 올렸다.

"이번엔 특별히 노팬……."

전율이 황급히 아이딜의 팔목을 잡아 행동을 제지시켰다.

"그만해. 생각 없으니까."

"아쉽네요. 근데 그걸 아셔야 해요. 지하 최하층에서 지상에 가까워질 때마다 우리 몸값은 무섭게 뛰어요. 나중에는 안고 싶어도 못 안게 될걸요?"

"절대 그럴 일 없으니 걱정하지 마."

"여전히 딱딱하시네요. 자고로 남자는 침대 위에서만 딱딱해져야 한다고 하던데."

"아이딜."

"알았어요. 그만 긁을게요. 오늘은 링이 제법 많으시네요?"

전율의 손등에 적혀 있는 숫자는 13,210이었다.

"다행히도 오늘은 괜찮은 물건이 제법 많을 거예요~!"

아이딜이 양팔을 쫙 펼쳐 보였다.

그녀의 옆에는 리어카가 놓여 있다.

리어카 위엔 전보다 배는 넓은 판매대에 여러 가지 물건이 진열되어 있었다.

전율은 물건들을 하나하나 살폈다.

하지만 아이딜의 말과는 달리 역시나 전율에게 필요가 없거나 쓸모없어 보이는 물건이 반 이상이었다.

제법 괜찮은 것들도 보였으나 당장 링을 지불하고 살 만큼 가치 있는 건 아니었다.

오늘도 진흙 속의 진주를 찾아내야 하는 것이다.

그러다 전율이 다른 물건 속에 파묻혀 있는 붉은색의 엄지손가락만 한 병을 손으로 잡으려 할 때였다.

"윽!"

피투성이가 된 손에서 엄청난 통증이 일었다.

던전의 벽을 부수며 피부가 터지고 뼈가 모조리 나갔으니 당연한 일이다.

그걸 본 아이딜이 놀라서 말했다.

"어머, 전율 님. 손이 엉망이에요."

"잊고 있었어."

"은근히 둔하시네요. 우선은 그 손부터 치료하는 게 좋을 것 같은데요?"

"여기서 치료할 방법이 있어?"

"힐링 포션을 사면 되죠!"

"힐링 포션?"

"마침 전율 님이 집으려고 했던 게 힐링 포션이에요."

"저게?"

아이딜이 힐링 포션을 꺼내 전율에게 내밀었다.

전율은 조심스레 손바닥으로 그것을 받아 쳐다봤다.

—힐링 포션(소) [1,000링] : 병에 든 포션을 복용하면 부러진 뼈가 붙고 피부의 상처가 전부 치료된다. 내상에는 큰 효과를 보지 못한다.

"이 작은 게 하나에 1,000링이나 한다고?"

"그럼요. 만약 전율 님이 던전을 돌다가 아직 출구에 다다르지도 못했는데 오늘처럼 다쳤다고 생각해 봐요. 게다가 보너스 부활도 없구요. 난감하지 않을까요?"

"그렇긴 하겠어."

마나 하트의 조각이 500링인데 힐링 포션 소자가 1,000링이나 한다는 것이 맘에 안 드는 전율이었지만 던전이라는 특수성이 그 비싼 가격을 단숨에 납득시켰다.

"지금 판매대에 그게 몇 개나 있지?"

"두 개밖에 없어요."

"둘 다 사겠어."

"정말 잘 생각하셨어요!"

아이딜은 힐링 포션(소) 하나를 더 찾아 뚜껑을 따서 전율에게 주었다.

전율은 그것을 받아 단숨에 마셨다.

그러자 엉망이 되었던 손이 순식간에 아물었다.

부러졌던 뼈가 붙고 터진 피부가 말끔하게 아물었다.

핏자국은 그대로였지만 신기하게도 전혀 아프지 않았다.

"마치 마법 같아."

전생에서 이능력자 중 사람을 치료하는 마법을 사용하는 이가 있었다.

백인 여자였으며 이름은 '스칼렛'이었다.

그녀가 얻은 능력 덕분에 블루 엔젤이라는 별명으로 더 유명했는데 주로 파란색 옷을 즐겨 입었기 때문이다.

전생에서 전율은 외계 종족에게 치명상을 입고 죽어가다가 스칼렛에게 도움을 받아 살아난 적이 있다.

힐링 포션은 마치 그녀에게 직접 치료를 받는 것 같은 착각을 불러일으켰다.

그러다 문득 이런 생각이 들었다.

'그 이능력자들도 지금은 자신의 운명을 모른 채 평범하게 살아가고 있을 텐데, 다들 어디서 뭘 하고 있을까?'

이어 이런 생각도 들었다.

'만약 외계 종족과의 전쟁이 터지고 이능력자가 필요한 시대가 온다면 적어도 내가 아는 이능력자들은 마나 하트를 섭취할 경우 백 퍼센트 각성하겠지.'

마나 하트를 먹은 이들 중 이능력자가 되는 경우는 십분의 일이다. 나머지 아홉은 기운이 폭주해 죽는다.

'아쉽군. 내가 모든 이능력자들의 정보를 알고 있다면 인간의 희생을 최소화할 수 있을 텐데.'

외계 종족과의 전쟁이 이어지는 전란의 시대엔 전쟁 통에 죽어가는 이들도 많았지만 마나 하트를 먹고 죽는 이의 수도 많았다.

전율은 앞으로 다가올 전쟁에서는 그 불필요한 희생을 줄이고 싶었다.

그때 갑자기 어떤 생각 하나가 번뜩 떠올랐다.

'마더, 전생에 전쟁에서 활동하던 이능력자들의 신상 명세가 기록되어 있나?'

[합법적으로 정부의 도움을 받아 이능력자로 각성한 이들의 신상 명세는 전부 기록되어 있습니다. 간혹 불법으로 마나 하트를 섭취해 이능력을 얻은 이들의 명단은 70퍼센트 정도가 확인 불가합니다. 하나 그중 큰 범죄를 저질러 정부에 잡힌 이들의 명단 30퍼센트는 메모리에 기록되어 있습니다. 열람하시겠습니까?]

'아니, 됐어. 리스트가 있다면 그걸로 좋아. 당장 필요한 건 아니야.'

[알겠습니다.]

'이거다!'

전율은 주먹을 꽉 쥐었다.

아직 미래가 어떻게 될지는 모른다.

이미 미래는 전율로 인해 조금씩 바뀌기 시작했다. 그것이

나비효과가 되어 더 먼 미래를 어떻게 바꿀지는 전율조차도 예상할 수 없다.

그러나 만약 외계 종족과의 전쟁이 다시 벌어진다면 적어도 무고한 사람들의 숱한 희생을 막을 수는 있을 것이다.

"전율 님?"

전율이 물건을 고르다 말고 사색에 빠져 있자 아이딜이 그를 불렀다.

"무슨 생각을 그렇게 하세요?"

"아무것도 아니야."

"이왕 사시는 김에 마나 포션도 장만하세요."

"마나 포션?"

"네. 마나를 채워주는 포션이에요. 전율 님에겐 세 가지의 기운이 있는 것 같아요. 그중에는 마나도 느껴져요."

확실히 마법은 던전을 도는 데 가장 큰 힘이 된다.

그러나 마법에만 의존할 수 없는 건 파괴력이 강한 만큼 마나가 빨리 소모되기 때문이다.

그런 실정이니 마나 포션이라는 것이 전율에게는 퍽 매력적으로 다가왔다.

"두 개 있는데 사시겠어요?"

아이딜이 마나 포션 두 병을 들었다.

생긴 건 힐링 포션과 똑같이 생겼지만 들어 있는 액체가 파란색이라는 게 달랐다.

"그것도 하나에 천 링인가?"

"확인해 보세요."

전율이 마나 포션에 집중하자 그 위로 설명이 떠올랐다.

─마나 포션(소) [2,000링] : 복용할 경우 소량의 마나를 회복
시켜 준다.

"2,000링?"

"네. 마나 포션은 마나 루트의 즙으로 만들거든요. 그래서
좀 비싸요. 마나 루트가 그렇게 많이 자라는 게 아니라서요.
사시겠어요?"

전율은 잠깐 고민했다.

이미 힐링 포션 두 개를 사서 2,000링이 차감됐다.

그중 하나는 망가진 손을 회복하느라 마셨다.

남은 건 힐링 포션 하나와 11,210링.

마나 포션 두 개를 사면 7,210링이 남는다.

하지만 전율의 고민이 깊어지는 이유는 가격보다 바로 저
애매모호한 설명 때문이었다.

소량의 마나가 회복된다고 하는데, 그 소량이라는 게 대체
어느 정도인지 알 수 없기 때문이다.

직접 먹어보지 않고는 확인할 방법이 없다.

"일단 하나만 사도록 하지."

"네, 그렇게 하세요."

아이딜에게서 마나 포션을 넘겨받아 주머니에 챙겼다.

전율의 수중엔 9,210링이 남았다. 남은 링으로 살 수 있는 좋은 물건을 찾기 위해 전율의 눈이 바빠졌다.

아무리 아직 스토어의 규모가 작다고 하지만 그래도 들를 때마다 하나씩은 괜찮은 물건을 사 갈 수 있었다.

이번에도 실망하는 일은 없을 거라는 믿음으로 열심히 아이템을 뒤적이는데 어마어마한 가격의 아이템 하나가 눈에 들어왔다.

—리얼라이즈 링 [1,000,000링] : 착용하면 타이틀의 힘을 현실에서도 사용할 수 있다. 3회 사용 후 파괴된다.

"백만 링……."

가격도 가격이지만 물건의 설명이 더 놀라웠다.

타이틀의 힘을 현실에서도 사용할 수 있다는 건 전율이 얻은 타이틀의 힘, 부활 역시 현실에서 사용 가능하다는 것이다.

즉 죽은 사람을 되살릴 수 있다는 얘기가 된다.

"아이딜, 리얼라이즈 링이라는 거, 이 링에 담긴 능력이 진짜야?"

"맞아요. 그건 레모니아 님이 직접 만든 반지예요. 어떻게 보면 마스터 콜을 받은 여행자들에게 주는 보너스 같은 것일 수 있죠."

"하지만… 이게 가능하다고? 사람을 죽이고 살리는 건 신의 영역 아닌가?"

"신이 뭐라고 생각하시는데요?"

"사람을 훨씬 뛰어넘는 전지전능한 존재… 정도일까? 나는 종교를 믿는 건 아니지만."

"그럼 마스터 콜을 만드신 레모니아 님은 어떤 존재 같으세요?"

"…거의 신급이군, 그 여인."

"저도 신이 정말 존재하는지는 모르지만, 너무 지구인의 시선으로만 우주의 모든 것을 이해하려 하지 말아요. 삶과 죽음, 그거 실상을 알고 보면 사실 별거 아니거든요. 전율 님에게 있어서는 아주 큰일이겠지만요."

"우주엔 정말 괴물들이 많다는 얘기로밖에 안 들려."

"풉! 투정 부리는 아이 같아요."

전율은 그냥 입을 다물었다.

아이딜과는 말을 섞으면 섞을수록 어쩐지 말려드는 기분이

들었다.

하지만 침묵은 오래가지 못했다. 전율이 원하는 물건이 도통 보이지 않았기 때문이다.

혹시나 싶어 전율은 아이딜에게 물었다.

"마나 하트의 조각은 없는 건가?"

"네, 입고되지 않았어요. 마나 하트의 조각은 인기가 많아서 들여오는 족족 매진되어 버리거든요. 다음번 마스터 콜 때는 재입고가 될 거예요."

전율은 더 살 게 없어서 남은 링을 아끼기로 했다.

"아무래도 오늘은 이만 가보는 게 좋겠어."

그러자 아이딜이 판매대에 있던 물건 중 하나를 들어 전율에게 내밀었다.

"이걸 하나 구입하시는 건 어때요?"

그건 새끼손톱만 한 달걀 모양의 검은색 펜던트가 달린 목걸이였다.

전율이 그 목걸이를 유심히 바라보자 정보가 떠올랐다.

─탐욕의 목걸이 [8,000링] : 착용자가 벌어들이는 링의 50퍼센트를 섭취한다. 1만 링이 축적되면 부화한다. 부화하는 알 속에서는 아티팩트가 랜덤으로 나온다. 그것은 쓸모없는 쓰레기 아티팩트일 수도, 눈이 휘둥그레질 만큼 대단한 아티팩트일 수도, 그

저 그런 아티팩트일 수도 있다. 모든 것은 착용자의 운에 달렸다.

정보를 읽은 전율이 고개를 갸웃거렸다.

"아티팩트라는 게 뭐지?"

"아티팩트는 마법의 힘이 깃든 물건을 뜻해요."

"그럼 아티팩트는 다 좋은 거잖아?"

"제대로 만들어진 아티팩트라면 그렇겠죠. 문제는 탐욕의 알에서 나오는 아티팩트는 완성품이 아닌 실패작이 될 수도 있다는 거예요."

전율이 알겠다는 듯 말했다.

"복권 같은 거군."

"맞아요. 탐욕의 목걸이는 모든 여행자가 딱 한 개씩만 살 수 있어요. 물론 구매하지 않아도 전혀 상관없구요. 만약 희귀한 확률로 그럴듯한 아티팩트를 얻게 되면 대박 터지는 거고, 그게 아니라면 목걸이값 8,000링과 목걸이가 흡수하는 10,000링, 도합 18,000링을 날리는 거죠. 어때요? 모험 한번 해보시겠어요?"

전율은 잠시 고민했다.

18,000링을 버리는 셈 치고 모험을 해본다?

지금의 전율에게는 단돈 1링이 아쉬운 입장이다. 하지만 오늘 벌어들인 링의 액수를 보면 또 그렇게 손해를 많이 보는 도박은 아닌 것 같았다.

갈수록 몬스터들은 강해질 테고, 그만큼 들어오는 링도 많아질 것이다.

전율은 마음을 정했다.

"사겠어."

"잘 선택하셨어요. 부디 행운이 따르길 바랄게요."

전율은 탐욕의 목걸이를 건네받아 목에 걸었다.

손등의 숫자는 1,210으로 바뀌었다.

전율은 마지막으로 한 번 더 물건들을 살폈다.

그러다가 그나마 쓸 만한 것 하나를 발견했다.

그것은 날개 모양으로 생긴 하얀 펜던트였다.

—바람의 펜던트 [1,000링] : 한 번 이상 가본 적이 있는 곳으로 공간이동시켜 준다. 반경 10㎞ 이내의 지역만 이동 가능하다. 가동 방법은 마나를 주입한 후 펜던트가 푸른색으로 바뀌었을 때 가고자 하는 곳을 떠올려야 한다. 한 번 사용 후 파괴된다. 주의! 떠올린 장소가 10㎞가 넘을 경우 공간이동은 되지 않고 펜던트는 파괴된다.

전율은 그 물건을 사기로 했다.

세상은 갈수록 흉흉해지고 있어서 세상 사람 모두가 믿지 마 범죄에 노출되어 있다고 해도 과언이 아니다.

소율이는 미래를 알고 있어서 살릴 수 있었지만 가족의 누군가가 또 언제 위험에 처하게 될지 모를 일이다.

그럴 때 연락이라도 잠깐 닿는다면 바람의 펜던트를 이용해 충분히 구할 수 있을 터였다.

"이것도 구입하지."

"1,000링, 감사히 받을게요."

전율이 바람의 펜던트를 주머니에 넣었다.

"그만 갈게."

"다음엔 더 알찬 물건들로 채워놓을게요. 제 복장도 기대해 주실 거죠?"

"…그러지."

이제는 전율도 자신의 취향이 대체 어디까지 가는지 궁금해질 지경이었다.

마스터 콜에서 돌아온 전율은 여전히 자신의 방에 누워 있었다.

시간을 확인해 봤다. 오전 다섯 시 반.

전대국은 이미 일을 나갔고, 다른 가족들이 일어나기엔 이른 시간이었다.

전율이 기지개를 힘껏 켜고 일어서는데 목에서 작은 이질감이 들었다.

탐욕의 목걸이다.

전율이 그것을 슬며시 어루만졌다.

"이왕이면 좋은 걸 물어 와라."

듣지도 못하는 목걸이에게 부탁하듯 말을 걸고 나니 괜히 뻘쭘해지는 전율이다.

그런데 그때, 잠에 꽉 잠긴 음성이 들려왔다.

"뭘 물어 와?"

전율이 흠칫 놀라 문 쪽을 바라봤다.

소율이가 살짝 열린 문틈으로 졸린 눈을 비비며 전율을 보고 서 있다.

간밤에 문을 열어놓고 잔 모양이다.

"아무것도 아니야."

"갑자기 아침부터 웬 혼잣말이야? 흐아암~"

"왜 이렇게 일찍 일어났어?"

전율이 말을 돌리자 소율이 검지를 척 내밀어 전율을 가리켰다.

"오빠 때문에."

"나 때문에?"

"응, 이것 좀 봐."

소율은 자신의 스마트폰을 내밀었다.

스마트폰 액정엔 SNS에서 온 메시지가 주르륵 떠 있었다.
메시지를 보낸 이는 다름 아닌 지우였다.

—안녕하세요. 갑자기 친구 신청해서 놀랐죠? 받아줘서 고
마워요. 저는 김지우라고 해요. 율이랑은 중고등학교 동창이
에요. 율이 동생 소율 양 맞죠? 우리 예전에 한번 얼굴 본 적
있는데, 기억 안 날 거예요. 뭐 때문에 화난 건지 소율 양이
학교까지 찾아와서 율이한테 막 화낸 적이 있었는데, 그때 봤
거든요.

—이른 새벽부터 메시지 보내서 미안해요. 그런데 너무 궁
금한 게 있어서요. 율이에 대한 건데… 최근에 율이한테 무슨
심경의 변화가 생길 만큼 큰일이 있었나요?

—아, 다른 의미는 없어요. 근래 어쩌다 몇 번 만난 적이 있
는데 내가 알던 율이와는 많이 달라서요. 정말 그게 묻고 싶
었을 뿐이에요.

—아직 자고 있을 텐데 실례했어요. 제가 궁금한 걸 좀 못
참는 성격이라… 즐거운 하루 되세요.

"김지우가 누구야? 이 언니 이상해. 어젯밤에 모르는 사람이
친추 걸어서 받아줬는데 새벽에 갑자기 띠링, 띠링, 띠링 하길래
봤더니 막 두서없는 얘기만 늘어놓잖아. 이 언니 왜 이래?"

입학하는 중학교, 고등학교에서 퀸카의 자리를 한 번도 놓친 적 없고, 지금 역시 주변 남자들에게 여신이라 추앙받는 김지우가 이상한 언니로 추락하는 순간이었다.

소율이의 짜증에 전율은 그저 피식 웃었다.

"네 말대로 이상한 언니라 그래. 친구 끊고 신경 쓰지 마."

"어떻게 그래~ 내가 오빠 동생이라는 거 이미 알고 있는데. 내 이미지 나빠진단 말이야."

"이미지?"

"그래. 나도 사회생활이라는 게 있거든요? 집안에서처럼 늘 왈가닥인 줄 알아?"

"계속 너 귀찮게 하면 어떡하려고?"

"적당히 받아줘야지, 뭐. 딱 보니까 오빠한테 홀린 숱한 언니 중 하나인 것 같은데. 나까지 무시해 버리면 엄청 상처받을걸."

소율은 드센 성격이긴 하지만 은근히 맘이 약했다.

지우 땜에 피곤해 죽겠다고 투덜대면서도 한편으로는 그녀 걱정을 하고 있었다.

"아무튼 오빠가 지우한테 따로 연락해서 너 불편하게 하지 말라고 할게."

"잘 얘기해. 여자는 감성적인 동물이란 말야. 예전처럼 여자한테 막말하고 다니는 거 아니지?"

예전의 전율은 그랬다.

여자든 남자든 그냥 기분에 따라 막말을 내뱉었다.

그 시절의 자신을 돌이켜 보니 얼굴이 화끈거려 오는 전율이다.

"절대 안 그래. 약속할게."

"알았어. 근데 지우 언니 심정이 이해가 가긴 한다. 가족인 우리도 갑자기 변한 오빠 모습이 아직 다 적응되지 않는데 그 언닌 오죽하겠어. 아무튼 나 다시 잔다. 흐아암~"

소율이가 자기 방으로 향했다.

소율이는 하율이와 한 방을 쓰고 있다.

집에 방이 세 개밖에 없어서 그중 하나는 전율이 썼고 아버지와 어머니는 함께 제일 작은 쪽방을 사용하는 중이다.

"그러고 보니……"

전율이 자기 방을 둘러봤다.

여태껏 굵직굵직한 일들을 해결하느라 신경 못 썼는데, 자기가 가장 큰 방을 차지하고 있었다.

"오늘 당장 방부터 바꿔 드려야겠다."

하여튼 전생의 자신은 대체 무슨 생각을 하며 살았던 건지 이해가 되질 않았다.

아니, 아무 생각이 없었으니 이따위로 살았던 거겠지.

전율은 부모님께 죄송한 마음을 한편으로 밀어놓고 집을 나섰다. 스피릿을 연마하기 위해 공터로 향하는 동안 근처에 있던 길고양이와 강아지들이 몰려들었다.

전율은 그 녀석들에게 호의를 흘리며 스피릿의 숙련도를 쌓았다. 현재 스피릿의 랭크는 2, 성장도는 13퍼센트였다.

호의의 기운에 잠식된 강아지와 고양이들은 전율의 주변에서 갖은 애교를 떨어댔다.

전율은 그 녀석들을 흐뭇하게 바라봤다. 그런데 전율과 조금 떨어진 곳에 조금 특이한 고양이 한 마리가 보였다.

그 녀석은 털이 검고 덩치가 다른 고양이에 비해 유난히 거대했는데 입에 커다란 쥐를 물고 있었다. 그런데 풍겨지는 기운이 일반적인 고양이와 뭔가 달랐다.

'이게 뭐지?'

전율은 그 이질적인 기운이 무언지 궁금했다.

그리고 어떻게 해서 자신이 이런 기운을 캐치하는 건지도 의문이 들었었다.

그러한 의문을 해결해 주는 건 역시나 마더였다.

[전율 님은 스피릿의 랭크가 업그레이드되며 다른 생명체와의 교감 능력도 강해졌습니다. 때문에 전에는 느끼지 못한 그들 고유의 기운을 느끼게 되었습니다.]

'그렇군. 한데 저 검은 고양이가 특이한 건 다른 고양이들에 게선 이토록 기이한 기운이 느껴지지 않는다는 거야.'

이번에는 마더에게서 아무런 대답도 들려오지 않았다.

그 의문에 대한 데이터는 존재하지 않았기 때문이다.

전율은 호의의 기운을 더 넓게 퍼뜨려 검은 고양이에게도 닿게끔 했다.

그러자 검은 고양이는 다른 고양이처럼 홀린 듯 전율에게 다가오다가 갑자기 딱 멈춰 섰다.

'호의를 거부했어?'

전율의 스피릿이 랭크 1의 완성도 50퍼센트를 넘어간 이후 부터는 어지간한 동물은 단 한 번의 호의로 충분히 홀릴 수 있었다.

그리고 랭크 1의 완성도 80퍼센트부터는 강아지와 고양이 의 경우는 단숨에 홀리는 게 가능했다.

랭크 2가 된 지금에는 말할 것도 없었다.

그런데 검은 고양이는 지금의 전율의 기운에 현혹되다 말 고 맞서는 중이다.

전율은 넓게 퍼뜨린 호의를 검은 고양이에게만 집중시켰다.

전보다 호의의 기운이 강해지자 검은 고양이는 다시 전율 에게 다가왔다. 하지만 그것도 잠시, 이내 걸음을 멈추고서 전율에게 적의를 드러냈다.

전율은 의아해하며 검은 고양이를 주시했다.

그때였다.

머릿속에서 이번엔 초백한의 음성이 들려왔다.

[저 고양이한테서 요수의 기운이 느껴져요.]

"요수?"

[네. 오래 산 영물들은 신수가 되거나 요수가 되거든요.]

"신수와 요수는 뭐가 다른 거야?"

[신수는 사리사욕 없이 자연의 섭리에 따라 살아가는 존재들이에요. 신수가 다른 동물을 잡아먹는 건 먹이사슬의 올바른 구조를 유지하기 위해서, 혹은 정말로 배가 고플 때만이에요. 하지만 요수들은 자신의 욕망에 충실해요. 스스로가 얻고자 하는 걸 위해서 어떠한 못된 짓도 서슴지 않거든요. 지금 저 고양이는 요수의 기운에 조종당하고 있어요.]

"그 요수, 어떤 놈인지 궁금해지는데?"

전율이 호의의 기운을 위압으로 변화시켰다.

그러자 검은 고양이가 잔뜩 어깨를 움츠리고서 하얀 이를 드러냈다.

전율의 주변에 있던 동물들은 직접적으로 위압의 기운에 당한 것도 아닌데 전부 혼비백산해서 달아났다.

이제 공터에는 전율과 검은 고양이 둘만 남았다.

전율은 검은 고양이에게 한 발 한 발 다가갔다. 그럴수록 위압의 기운은 점점 더 강해졌다.

검은 고양이가 위압에 짓눌려 애처로운 음성으로 으르렁거렸다.

강렬한 위압은 요수의 기운도 막아내질 못했다.

전율이 검은 고양이 앞에 서서 명했다.

"네 주인이 있는 곳으로 날 안내해라."

전율의 얘기는 그대로 의지가 되어 검은 고양이의 뇌리에 전해졌다.

검은 고양이는 살기 위해 본능에 따랐다.

녀석이 천천히 걸음을 옮겼다. 전율은 그 뒤를 따라 걸었다.

Chapter 17.
두 번째 소환수

전율의 집은 위치적으로 아직 발전이 덜 된 지역에 있었다. 춘천 중에서도 시골의 정취가 물씬 풍기는 곳이다.

집집마다 밭이 있고 화목원까지 자리하고 있었다.

주변에는 산도 많았다.

그래서 새벽녘엔 가끔 인가로 내려온 고라니가 목격되기도 했다.

전율 역시 전생에서 술에 잔뜩 취해 택시를 타고 가다가 바로 옆에서 뛰어가는 고라니를 본 적이 있을 정도이다.

검은 고양이가 걸음을 멈춘 곳은 제법 멀리 떨어져 있는 이름 모를 숲 속이었다.

검은 고양이는 물고 있던 커다란 쥐를 나무 기둥 앞에 내려
놓았다.

순간 나무 위에서 요사스러운 여인의 음성이 들려왔다.

"호호호! 먹을 거 가져오랬더니 정말 먹음직스러운 인간을
데려왔네?"

전율이 고개를 들었다.

그러자 나뭇가지에 엉덩이를 걸치고 앉은 여인이 보였다.

여인은 목소리만큼이나 요요하게 생겼다.

전형적인 고양이상에 새하얀 피부가 도드라졌고, 이목구비
가 작으면서도 뚜렷했는데 입술이 특히 도톰했다.

머리카락과 눈동자는 피를 머금은 듯 붉었다.

몸엔 개량한복 같은 것을 걸치고 있었는데, 몸매가 크게 부
각되는 옷이 아님에도 맵시가 잘 드러났다.

남자라면 그 외모만 보고서도 홀릴 만큼 상당히 아름다웠
다.

한데 특이한 건 엉덩이에 네 개의 여우 꼬리가 달려 있었다
는 것이다.

전율은 그 모습을 보고서 자기도 모르게 중얼거렸다.

"구미호……?"

전율이 아무리 요괴나 요물, 신수 같은 것에 관심 없이 살

았다고 해도 구미호에 대해서는 알고 있었다.

여인이 전율의 말에 폴짝 뛰어내렸다.

가볍게 내려와 깃털처럼 착지한 여인이 팔짱을 끼고 고개를 살짝 옆으로 꺾었다.

"구미호(九尾狐)가 되려면 아직 멀었지. 꼬리가 네 개잖니, 아가야. 지금은 사미호(四尾狐)란다."

여인은 자신을 사미호라고 밝혔다.

구미호는 본래 여우가 신통력을 얻어 진화하게 되는 것으로, 생명체의 정기를 흡수해 일정한 경지에 다다를 때마다 꼬리가 둘로 갈라진다.

"신기하군. 내가 구미호를 만나다니."

"사미호라니까? 말귀를 못 알아듣는 아이네. 그나저나 내 요기를 방해하다니, 대단한데?"

사미호의 시선이 검은 고양이에게 향했다.

검은 고양이가 사미호의 뒤로 후다닥 달려가 숨었다.

전율은 사미호를 유심히 주시했다.

그녀의 몸에서는 검은 고양이에게서 미약하게 느껴지던 요기가 강하게 풍기고 있었다.

그것은 사람을 홀리는 치명적인 기운이다. 마치 가시 달린 장미와 같았다. 아름다움에 현혹되어 함부로 손을 내밀었다가는 가시에 먼저 찔리고 말 것이다.

사미호의 요기가 점점 짙어졌다.

그녀가 혀로 입술을 핥았다.

"딱 오늘까지만 머물다 다른 곳으로 갈 생각이었는데 생각지도 못한 먹잇감을 찾았어. 양기가 가득한 데다 내공까지 있다니. 오래전에 내공을 다루는 인간들은 모두 사라진 줄 알았는데… 정말 맛있겠어."

사미호는 전율의 몸에 축적된 오러를 내공이라고 말했다.

그녀가 가늠하기에 전율의 내공은 충분히 자신이 상대할 수 있는 수준이었다.

그 정도의 내공으로는 그녀의 요기를 막아낼 수 없기 때문이다.

검은 고양이를 조종하던 요기는 그 힘이 미미했기에 얼마든지 방해받을 수 있었다.

그러나 자신이 직접 발산하는 요기는 결코 막을 수 없을 것이라 생각했다.

전율의 내공을 흡수하면 그녀는 예상한 것보다 더 빠르게 성장할 수 있을 터였다.

"잘 먹어줄게."

사미호의 강렬해진 요기가 그대로 전율에게 날아들었다.

보통의 남성이었다면 이미 이성을 잃고 사미호에게 다가갔을 것이다. 그럼 그 순간 그는 죽는다고 봐야 한다.

자신이 죽는지도 모르고 요기에 홀려 잡아먹히는 것이다.

전율 역시 아찔한 기운이 정신 속으로 파고드는 걸 느꼈다. 그러나 당하고만 있을 전율이 아니었다. 그는 요기가 침투하는 순간 거의 동시에 위압을 발산했다.

위압이 빠르게 날아가 사미호를 잠식했다.

"……!"

사미호는 그녀의 머릿속을 휘젓는 강렬하면서도 이질적인 기운에 적잖이 당황했다.

'이건 뭐야? 내공이 아니야!'

사미호는 전율의 내공만을 느낄 수 있었다.

마나와 스피릿에 대해서는 전혀 감지하지 못했다.

때문에 검은 고양이의 요기를 방해한 것도 내공이라고 판단했다.

한데 생각지도 못한 스피릿이 머릿속으로 파고들어 요기를 방해하니 놀라는 게 당연했다.

위압의 기운은 갈수록 진해졌다.

그에 따라 사미호의 앞에 서 있는 전율의 존재가 점점 더 무섭게 다가왔다.

'이대로는 안 돼!'

사미호가 전율에게 쏘아 보낸 요기를 회수해 자신의 정신을 보호했다.

다행스럽게도 요기는 위압을 밖으로 튕겨냈다.

전율은 위압이 차단당하자 스피릿의 사용을 멈췄다.

'역시 요수라더니 보통이 아니군.'

여태껏 위압에 맞서려 한 사람은 있었어도 그걸 튕겨내는 존재는 처음이다.

전율은 사미호를 보면 볼수록 점점 더 욕심이 생겼다.

'저 녀석을 테이밍한다.'

그는 사미호를 자신의 소환수로 만들고자 마음먹었다.

그러자 그의 생각을 읽은 초백한이 이를 만류했다.

[안 돼요, 주인님. 저런 사악한 요수를 소환수로 삼는다니요. 그냥 죽이는 게 마땅해요.]

'아니, 내가 갖겠다.'

전율은 초백한의 의견을 단칼에 무시했다.

초백한의 이야기를 들어보면 신수나 요수나 전율의 입장에서는 그게 그거였다.

좋은 놈이든 나쁜 놈이든 테이밍하면 자신의 말에 복종하는 건 똑같으니까 말이다.

마음을 먹은 전율이 초백한에게 물었다.

'초백한, 저 요기를 약화시키는 방법이 없을까?'

그러자 초백한이 뾰로통한 음성으로 대답했다.

[또 무시하시려구요?]

이 녀석, 삐쳤다.

[저번에는 마나 루트도 안 주시고…….]

전율은 중얼거리는 초백한에게 딜을 걸었다.

'다음에 마나 루트를 얻게 되면 한 뿌리 주겠다.'

[정말이죠? 헤헷. 그럼 알려 드릴게요. 사미호가 뿜어내는 요기는 근원적으로 정신의 힘이에요. 정신은 곧 마음과 일맥상통하죠. 그래서 희로애락에 심한 영향을 받아요. 마음이 피폐해지면 요기도 약해질 거예요.]

'그렇군. 고맙다.'

초백한의 조언을 듣는 즉시 전율은 사미호의 요기를 약화시킬 방법을 떠올렸다.

마음이 피폐해질 만큼 두들겨 팬다.

단순 무식하지만 그게 가장 확실한 방법이었다.

사미호를 바라보는 전율의 시선이 먹이를 탐하는 맹수의 그것처럼 변했다.

그에 사미호가 한쪽 입꼬리를 말아 올렸다.

"그 눈은 뭐지? 아이야, 날 어떻게 할 수 있을 거라고 생각하는 거니?"

사미호가 고개를 절레절레 저었다.

"어떤 도술을 익혔는지는 모르겠지만 내 요기를 막아낸 건 칭찬해 주도록 할게. 그런데 고작 그 정도의 내공으로 날 어찌

할 수 있을 것 같니?"

사미호가 전율의 오러를 가늠해 보니 자신이 충분히 제압할 수 있는 정도였다.

요기는 사람의 정신을 홀리는 데만 사용되는 게 아니라 요술을 부리고 물리적 타격을 주는 것도 가능케 하기 때문이다.

무식하게 힘만 센 인간을 요리하는 건 얼마든지 자신 있었다.

"머리끝부터 발끝까지 살 조각 하나 남기지 않고 맛있게 먹어줄게~"

교교한 음성을 흘린 사미호가 바람을 훅 불었다.

순간 거대한 불길이 일어 전율을 덮쳤다.

전율은 동물적인 반사 신경으로 몸을 옆으로 날려 그것을 피했다.

그때였다.

사미호의 모습이 휙 하고 사라지더니 갑자기 전율의 앞에 나타났다.

공간을 이동한 것이다.

그녀의 손톱이 길게 늘어나 전율의 가슴팍을 찔러 들어왔다.

전율은 두 주먹에 오러를 실어 그것을 쳐 냈다.

카캉!

사미호의 손톱과 오러 피스트가 부딪치며 굉음이 터졌다.

쇠도 아작 내는 오러 피스트였건만 요력이 깃든 사미호의 손톱을 제압할 수는 없었다.

"흥!"

첫 번째 공격에 이어 두 번째 공격까지 막힌 사미호가 코웃음을 흘리며 연속으로 빠른 공격을 이어나갔다.

그녀의 손톱이 전광석화처럼 휘둘러졌다.

전율은 두 눈을 부릅뜨고서 그것을 정확히 막아냈다.

카카카카카캉!

잠깐 사이 허공에서 십수 번이나 둘의 공방이 이어졌다.

그러다 사미호의 공격 동작이 커지는 찰나의 순간, 전율이 오러 피스트를 빠르게 그녀의 복부에 꽂아 넣었다.

퍼억!

"꺄!"

정확히 아랫배를 얻어맞은 사미호가 비틀거리며 뒤로 물러났다.

전율은 이 기회를 놓칠세라 단숨에 품으로 파고들어 다시 한 번 복부를 때렸다.

팡!

그런데 사미호의 모습이 잔상처럼 사라졌고, 주먹은 허공을 때렸다.

"그거 가짠데."

전율의 뒤에서 사미호의 달콤한 음성이 들림과 동시에 아찔한 살기가 느껴졌다.

전율은 빠르게 바닥을 굴렀다.

서걱!

간발의 차이로 사미호의 손톱이 전율의 머리카락을 잘랐다.

까딱 잘못했으면 목이 잘려 나갈 판이었다.

"굼벵이도 구르는 재주가 있다지?"

사미호가 전율을 조롱했다.

쉴 새 없이 거슬리는 말을 하는 건 전율의 심기를 건드려 평정심을 무너뜨리기 위해서였다.

하지만 고작 그 정도에 멘탈이 흔들릴 전율이 아니었다.

살아서 지옥을 경험한 적도 있는 그다.

오히려 전율의 입가엔 미소가 어렸다.

"좀 오래 산 여우 새끼라서 만만하게 봤더니 재롱을 부리는군."

"입이 너무 거칠잖아~ 남자는 밤에만 거칠어야 하는 거란다."

"그 입에서 살려달라는 말이 나오도록 해주지."

전율이 손을 뻗어 사미호를 겨누며 시전어를 외쳤다.

"뇌전의 창!"

전율의 심장에 있는 마나가 요동치며 뇌전의 창이 나타났다. 그것은 공기를 찢으며 사미호에게 날아갔다.

"⋯⋯!"

전율에게 마법의 힘이 있다는 것을 모른 채 방심하고 있던 사미호는 황급히 공간이동을 했다.

하지만,

치지직!

"꺄악!"

그녀의 모습이 사라지려는 찰나의 순간 뇌전의 창이 옆구리를 스치고 지나갔다.

"하악! 흐윽!"

몇 미터 떨어진 곳에 다시 나타난 사미호는 옆구리에서 피를 뚝뚝 흘리고 있다.

"너⋯ 진짜 곱게 죽여서는 안 되겠구나?"

사미호가 미간을 와락 구겼다.

그녀의 몸에서 검은빛 요기가 너울거리며 일렁였다.

"최대한 고통스럽게 죽여 버리겠어!"

콰아앙!

사미호의 눈이 검게 물들고 주변에서 회오리가 몰아쳤다.

그녀가 공간이동을 사용해 전율의 뒤를 잡았다. 동시에 입에서 불을 뿜었다.

화르륵!

전율은 몸을 낮게 숙여 불을 피함과 동시에 몸을 빙글 돌려 그녀에게 다리를 걸었다.

타탁!

사미호는 뒤로 물러나 이를 피하고 전율의 정수리에 손톱을 내리찍었다.

카앙!

전율이 오러 피스트로 손톱을 막았다. 이어 빠르게 반격을 가했다.

쐐애애애액!

노란빛 오러가 어린 주먹이 사미호의 얼굴을 노리며 날아들었다.

카앙!

사미호 역시 손톱으로 그것을 막았다.

하지만 전율의 힘을 사미호가 당해낼 수는 없었다.

사미호는 공격을 막은 자세 그대로 뒤로 주르륵 밀려났다.

전율이 두 주먹을 빠르게 번갈아 뻗었다.

그에 주먹에 어린 오러가 사미호에게 마구 날아들었다.

오러 애로우였다.

워낙에 빠른 연계로 이루어진 공격인지라 사미호는 미처 공간이동을 하지 못했다.

대신 요력을 몸에 둘러 무형의 보호막을 형성했다.

콰콰콰쾅!

오러 애로우 네 발이 사미호의 전신을 두들겼다.

"꺄아악!"

사미호가 비명을 지르며 나자빠졌다.

아무리 요력으로 보호했다 하더라도 오러 애로우의 충격을 전부 완화할 순 없었다.

전율이 필승의 기회를 잡았다.

"속박뢰!"

다시 손을 뻗으며 마법을 시전했다.

번쩍!

손에서 뻗어나간 뇌전의 구가 막 일어서려는 사미호에게 작렬했다.

파지직! 지직!

"끄으으!"

사미호는 움직임이 봉쇄당해 꼼짝달싹할 수 없었다.

전율이 그런 사미호의 앞으로 다가와 오러 피스트로 상처 난 옆구리를 때렸다.

퍽!

"악!"

상처가 크게 벌어지며 피가 울컥 쏟아졌다.

사미호는 허리를 푹 숙인 채 바들바들 떨다가 중심을 잃고 다시 쓰러졌다.

움직임이 구속당했기에 바로 서기가 힘든 것이다.

"뇌섬."

전율은 쓰러진 사미호에게 번개를 날렸다.

번쩍! 파직! 지지직!

"꺄아아아아악!"

사미호의 구슬픈 비명이 숲을 울렸다.

입고 있던 옷은 까맣게 타 넝마처럼 변했다. 밖으로 적나라하게 드러난 사미호의 살결도 검게 그을려 연기가 풀풀 풍겼다.

"끄으… 으헉."

사미호가 간질병 걸린 환자처럼 몸을 떨어댔다.

살이 익어 전신을 면도칼로 도려내는 듯한 고통이 일었다.

하지만 거기서 끝이 아니었다.

"뇌섬."

번쩍!

"꺄아아아아아!"

전율은 한 번 더 번개를 떨어뜨렸다.

지독한 고통이 한 번 더 찾아왔고, 사미호는 정신줄을 놓기

일보 직전에 다다랐다.

'이제 됐어.'

사미호의 눈이 풀린 것을 보고 전율이 위압의 기운을 쏘아 보냈다.

"하아! 아아……."

사미호가 잔뜩 몸을 웅크렸다.

그녀는 전처럼 요기로 위압을 막아내지 못했다.

순간 그녀의 몸에서 하얀 연기가 펑 하고 터져 나왔다.

한 치 앞을 분간하기 어려울 만큼 짙은 연무가 바람에 흩날려 사라졌다. 그러자 연기 너머로 나타난 건 꼬리 넷 달린 붉은 여우였다.

육신의 고통과 위압의 압박으로 정신이 흐트러져 요술이 풀린 것이다.

전율은 위압의 기운을 더욱 강하게 만들었다.

"켕… 케엥……."

옆으로 널브러져 신음을 흘리는 사미호의 눈엔 초점이 없었다. 쩍 벌어진 입 밖으로는 혀가 튀어나와 축 처졌다.

'해보자.'

전율이 위압을 지배의 기운으로 바꿨다.

본격적으로 사미호를 테이밍하려는 것이다.

"켁… 케헤헥!"

사미호가 몸을 이리저리 비틀며 기침을 해댔다.

머릿속으로 파고드는 지배의 기운에 저항하고 싶었다.

하지만 그럴 수가 없었다.

이미 심신이 모두 지쳐 버린 사미호는 정신을 옭아매는 지배의 기운에서 벗어날 수 없었다.

전율은 사미호가 자신에게 완전히 제압당한 것을 느꼈다.

그리고 말했다.

"내 것이 되어라, 사미호."

"케엥!"

사미호가 날카로운 소리를 지르며 파르르 떨었다.

이어 사미호의 정신이 전율의 정신과 연결되었다. 완벽한 교감이 이루어진 것이다.

전율이 사미호에게 명했다.

"날 쳐다봐라."

사미호는 다 죽어가는 와중에서도 전율의 명령을 거부하지 못하고 시선을 돌렸다.

"넌 이제 내 것이냐?"

사미호가 미세하게 고개를 끄덕였다.

녀석은 완벽하게 전율의 소환수가 되어버렸다.

전율이 그런 사미호의 곁에 쪼그려 앉아 머리를 쓰다듬어 주었다.

사미호는 전율의 손길을 거부하지 않았다.

"하하하!"

전율은 저도 모르게 웃음을 터뜨렸다.

초백한에 이어 사미호까지 테이밍했으니 기분이 하늘을 날 듯 좋았다.

하지만 문제가 있었다.

사미호를 워낙 심하게 다치게 해서 이대로 두었다간 곧 죽을 판이다.

"사미호, 네게 자가 치료 능력 같은 건 없느냐?"

사미호가 다시 힘겹게 고개를 끄덕였다.

"공간이동도 하고 불까지 쏘면서 그런 능력은 없다니. 어쩔 수 없군."

전율이 주머니에서 힐링 포션 하나를 꺼내 사미호에게 먹였다.

숨이 꼴딱꼴딱 넘어가는 와중에도 그게 자신을 살려줄 약이라는 걸 아는지 사미호는 한 방울도 흘리지 않고 열심히 받아먹었다.

힐링 포션을 마신 사미호의 몸이 빠르게 회복되기 시작했다.

익어버린 살이 깔끔하게 복구되었고, 터진 옆구리에 새살이 돋아나 메워졌다.

다행스럽게도 장기는 다치지 않은 상태였다.

내상도 심하지는 않았다.

때문에 소형 힐링 포션으로 팔십 퍼센트 이상 몸을 회복시키는 게 가능했다.

곧 죽을 뻔하다 겨우 살아난 사미호가 정신을 차리고 일어섰다.

사미호는 전율을 빤히 바라보더니 제자리에서 훌쩍 뛰어올라 제비를 넘었다.

그러자 하얀 연기가 펑 하고 터지며 다시 사람의 모습으로 변했다.

"후우."

사미호는 한숨을 길게 내쉬고서 몸의 구석구석을 살폈다.

"사미호."

전율의 부름에 그녀가 대답했다.

"응."

"응? 존댓말을 할 줄 모르나?"

"내 성향이 원래 이래. 그래도 네 말을 거역하는 일은 없을 테니 걱정하지 마. 그나저나 정말 이상하네. 내가 누군가의 지배를 받게 되다니. 그런 거 딱 질색인데, 더 이상한 건 기분이 나쁘지 않다는 거야."

"다행이군."

"그나저나 우리 주인, 상당히 나이스한 몸매를 갖고 있네?"

사미호가 음탕한 시선으로 전율의 전신을 훑더니 갑자기 바짝 다가와서 검지로 전율의 가슴께를 쿡 찔렀다.

"주종 관계를 맺게 된 것도 기념인데 나랑 재미있는 거 할 생각 없어?"

전율은 고개를 모로 꺾었다.

사미호는 초백한과 전혀 다른 타입이었다.

초백한이 전율의 말에 절대 복종한다면 사미호는 아직 자의식이 넘치는 것 같았다.

"너, 제대로 테이밍된 게 맞나?"

"맞는 것 같아. 우리 주인이 하는 말에는 다 복종하고 싶은 기분이 드니까. 그 무엇이라도 말이야. 이를테면 밤일이라든가?"

사미호가 전율의 귀에 입을 가까이 대며 속삭였다.

전율이 그런 사미호의 얼굴을 밀어냈다.

"너랑 그런 짓 하며 놀아날 시간 없다."

"완전히 목석이네, 우리 주인?"

"사미호, 너는 꼬리가 하나씩 늘어날 때마다 강해지는 건가?"

"맞아."

"성장형 소환수로군. 네가 성장하는 방법은 뭐지?"

"생명체의 정기를 빨아먹는 거야. 아무 생명체나 잡아서 죽인 다음 사후경직이 일어나기 전에 육신의 정기를 빨아먹는 거지."

사미호는 유난히 죽인다는 단어를 강조했다.

"그래서 우리 주인을 만났을 때 횡재했다 싶었지. 정기가 어마어마했거든. 그런데 내가 종이 됐네?"

"어떤 생명체든 상관없이 다 정기를 흡수할 수 있다 이거냐?"

"응. 풀이나 꽃 따위의 정기도 흡수할 수 있어. 하지만 그건 양이 너무 적어서 안 하니만 못해. 괜히 요기만 소모되니까. 정기를 흡수하는 데는 요기의 힘이 필요하거든."

그 말에 전율이 입꼬리를 말아 올렸다.

"앞으로 매주 화요일마다 많은 정기를 흡수하게 될 거야."

그에 사미호가 반색하며 전율의 팔에 딱 달라붙었다.

"정말? 어떻게? 주인이 사람이라도 잡아 올 거야? 우리 주인 혹시 연쇄살인마 그런 거야?"

"그때가 되면 알게 될 거다."

"나, 기대해도 되는 거지?"

"얼마든지."

사미호는 전율의 뺨을 부드럽게 어루만졌다.

"만약 기대에 못 미치면 주인을 잡아먹을지도 몰라. 물론

밤에 침대에서."

"사미호 봉인."

"아, 조금 더 우리 주인이랑 놀다가……."

사미호는 미처 말을 다 잇지 못하고서 봉인되었다.

이로써 전율은 두 마리의 소환수를 얻게 되었다.

초백한과 사미호.

하나는 어마어마한 행운을 가져다주는 돈줄이고, 또 하나
는 던전의 전투에서 도움이 되는 성장형 소환수다.

지금 전율에게 딱 필요한 녀석들이었다.

전율은 가벼운 발걸음으로 산을 내려왔다.

Chapter 18.
넌 얼마냐?

Return Raid Hunter

2009년 3월 27일 금요일.

그동안 전율은 계속해서 스피릿을 연마했다.

전에는 마나와 오러를 현실에서 성장시킬 방법이 없어 무조건 스피릿만 연마했는데, 이젠 체력 단련도 같이 하기 시작했다.

새벽마다 산을 뛰어서 오르내렸다.

그리고 주변 도구들을 사용해 웨이트트레이닝도 겸했다.

굳이 헬스장에 가지 않아도 산속엔 충분히 웨이트에 도움이 될 만한 것들이 있었다.

무거운 바위를 덤벨 대용으로, 굵은 나뭇가지를 철봉처럼 사용했다.

그 외의 기본적인 웨이트는 굳이 도구가 없어도 맨몸으로 단련하는 게 가능했다.

전율은 오러가 생긴 이후 체력 단련을 본격적으로 해보는 게 이번이 처음이다.

한데 오러가 없을 때와 비교했을 때 육신의 성장이 어마어마하게 빠르다는 걸 느꼈다.

이제 체력 단련을 이어나간 지 고작 사흘째인데 사흘 전과 비교해서 힘과 민첩성이 말도 안 되게 발달해 있었다.

그게 현실적으로 와 닿았다.

"체력 단련도 필수로군. 앞으로의 던전은 또 어떻게 달라질지 모르니."

오늘도 숲 속에서 열심히 체력 단련을 하던 전율은 갑자기 하늘이 어두워지는 것을 보고 일찍 집으로 돌아왔다.

전율이 낡은 현관문을 열고 집에 들어서는 순간, 마침 비가 내렸다.

다행히 비에 젖지 않고 귀가한 전율은 샤워를 하고 옷을 갈아입었다.

그새 눈을 뜬 이유선이 아침상을 차리고 있다.

"율아, 요새 새벽마다 어딜 그렇게 나가니?"

이유선은 상 위에다 보글보글 끓는 된장찌개를 올리며 물었다.

"운동하고 있어요."

"그래? 잘 생각했다. 몸 관리는 젊었을 때 해야 돼."

"네, 꾸준히 하려구요."

상에 하나둘 찬이 올라가며 된장찌개 냄새가 구수하게 퍼지자 소율과 하율도 졸린 눈을 비비며 거실로 모여들었다.

늘 그렇듯 전대국은 새벽부터 인력 사무소로 나간 터라 자리에 함께하지 못했다.

"잘 먹겠습니다."

"우웅, 잘 먹을게, 엄마."

"맛있게 먹을게요."

자식들이 한마디씩 건네고 수저를 들었다.

그런데,

똑.

"어?!"

천장에서 떨어진 물방울 하나가 된장찌개에 들어갔다.

가족들은 일제히 위를 올려다봤다.

천장에서 물이 새고 있었다.

"엄마, 물 샌다!"

전율이 얼른 상을 들어 물이 새지 않는 곳으로 옮겼다.

"그러네. 두 달 전에 아빠가 보수했는데……."

이유선이 난감한 얼굴로 말했다.

전율은 말없이 천장을 바라보고 있었다.

*　　　*　　　*

아침을 먹은 전율은 갈 데가 있다며 큰 백팩을 멘 뒤 우산을 챙겨 바삐 밖으로 나왔다.

아무래도 가족들에겐 새 집이 필요했다.

이제 돈을 벌 수 있는데 다 낡아빠진 집에서 비가 새는 걸 감수하며 살 필요는 없었다.

전율은 시외버스터미널로 향하며 스마트폰으로 산삼이 많이 발견되는 산이 어디인지 알아보았다.

그런데 정보가 중구난방이었다.

정확히 어느 산에 산삼이 많다고 콕 짚어주는 글이 없었다.

마더의 메모리에도 산삼의 종류와 그것의 가치에 대한 정보만 있지 어디에 분포해 있는지는 저장되어 있지 않았다.

"천종산삼 찾기가 정말 힘들군."

시외버스터미널에 도착한 전율이 티케팅을 하지 못하고서 중얼거렸다.

한데 뜻밖의 인물이 도움을 주었다.

[천종산삼? 그거 어디서 많이 나는지 나는 아는데.]

사미호이다.

전율이 반색해서 물었다.

"정말이야?"

[그럼~ 나는 이 산 저 산 많이 옮겨 다녀봐서 잘 알아. 산삼은 다른 식물보다 생기가 가득해서 자주 뽑아 먹었지. 그나저나 우리 주인, 산삼 먹고 뭐 하려고? 나한테 힘쓰려고?]

"헛소리 그만하고 어디로 가야 하는지나 말해."

[계속 그렇게 거칠게 말하면~ 나 흥분되잖아.]

전율이 머리를 절레절레 저었다.

아무래도 사미호에게 적응하려면 많은 시간이 필요할 것 같았다.

"사미호, 농담 따먹기 할 시간 없다."

[어머~ 난 농담 아닌데. 후훗, 우리 주인 더 놀리다간 울 것 같으니까 알려줄게. 수락산으로 가.]

"수락산?"

[응, 거기 어딘가에서 천종산삼 캐 먹다가 몇 뿌리 아껴뒀거든. 한 백 년 후쯤 찾아와서 다시 뽑아 먹으려고. 그런데 문제는 정확한 위치가 기억나질 않는다는 거야. 그게 벌써 십오년 전인 데다 이 산 저 산 워낙 많이 옮겨 다녀서 말이지. 근데 또 몰라. 오늘 우리 주인이랑 뜨거운 밤을 보내면 생각날

지도.]

"수작 부리지 마."

[호, 안 넘어가네? 아무튼 기억이 안 난다는 건 사실이야.]

그 말에 초백한이 끼어들었다.

[주인님, 저는 산삼이 있는 산속에만 들어가면 냄새로 충분히 찾을 수 있어요. 그러니까 걱정하지 않으셔도 돼요.]

"그래? 고맙다, 초백한."

[대신에 나중에 꼭 마나 루트 한 뿌리 주셔야 해요? 헤헤.]

"약속하마."

[헤헤헤.]

[뭐야, 이 꿩대가리? 결정적 힌트는 내가 줬는데 칭찬은 네가 받아? 당장 구워 먹어버린다, 너?]

[시, 싫어요! 먹히지 않을 거예요!]

[어? 까부네? 안 그래도 오미호가 되는 데 생기가 살짝 부족한 참이었어. 잘됐다. 신수 한 마리 배부르게 먹으면 바로 오미호가 될 것 같아.]

[자, 잘못했어요! 안 까불게요!]

[그래, 그래. 앞으로 조심해, 우리 꿩대가리?]

[…네에.]

전율은 소환수들의 말싸움을 들으며 피식 웃었다.

둘이 티격태격하는 꼴이 제법 귀여웠다.

"수락산이 노원에 있으니 버스보단 지하철을 이용하는 게 낫겠군."

전율은 다시 택시를 타고 기차역으로 향했다.

그러다 보니 아무래도 차가 한 대 있으면 좋을 것 같다는 생각이 들었다.

전율은 이번에 산삼을 많이 캐게 되면 집과 함께 차도 장만하기로 마음먹었다.

전율이 수락산 초입에 도착했을 때는 점심나절이 되어 있었다.

근처의 식당에서 점심을 해결하고 산을 올랐다.

산책로를 따라서 산을 반 정도 올랐을 때 초백한이 말을 걸어왔다.

[주인님, 냄새를 맡았어요. 소환시켜 주세요.]

"초백한 소환."

전율의 이마에서 하얀빛이 흘러나와 초백한으로 변했다.

끼루루루루루!

초백한이 날개를 쫙 펴며 한차례 힘껏 울어젖혔다.

그때 등산객들이 전율의 곁을 지나갔다. 하지만 아무도 초백한의 존재를 눈치채지 못했다.

초백한은 일반 사람들의 눈에는 보이지 않기 때문이다.

[후아아! 오래간만에 숲 속 공기를 마시니까 정말 좋아요!]

그 말을 듣고 전율은 조금 미안해졌다.

초백한을 필요할 때 말고는 소환시키지 않았는데, 숲 속 냄새를 맡는 것만으로도 이렇게 좋아할 줄은 몰랐다.

"앞으로는 내가 운동할 때 종종 소환시켜 주지."

[정말요? 감사해요, 주인님!]

그러자 사미호가 끼어들었다.

[나도 조금 답답한데, 소환시켜 주지 않겠어, 주인?]

"넌 안 돼."

[왜?]

"무슨 짓을 저지를지 모르니 안 된다."

[무슨 짓? 어떤 짓? 내가 생각하는 그런 짓? 우리 주인~ 아직 순진하구나? 그럼 내가 가르쳐 줄게. 숲 속에서 하는 것도 아주 스릴 있을걸.]

"시끄러워."

전율은 사미호의 말을 자르고서 초백한에게 눈짓했다.

초백한이 고개를 끄덕이고 산책로를 벗어나 달려갔다.

한 시간여가 지난 뒤, 초백한이 떠나갈 때처럼 빠르게 날개를 퍼덕이며 달려왔다.

초백한은 이어 입을 쩍 벌려 천종산삼을 우르르 토해냈다.

천종산삼 다음엔 이끼 이불도 뒤따라 나왔다.

이번 것은 저번에 캔 것보다 뿌리가 더 굵었다.

초백한이 꼬리를 살랑살랑 흔들며 전율에게 말했다.

[주인님, 이번에 캐 온 건 무려 120년 근이에요! 총 열두 뿌리구요! 그중 제일 굵은 게 모삼(母蔘)이고 주변에 좀 덜한 것들은 자삼(子蔘)이에요!]

"모삼과 자삼? 그게 뭐지?"

[그러니까 자연적으로 자라나는 천종산삼의 경우는요, 지금 캐 온 것들처럼 한데 뭉쳐 있는 경우가 있어요. 군집해서 자라는 거죠. 모삼이 싹을 틔우면 주변에서 자삼들이 자라나는 거예요.]

[다른 말로 가족삼이라고도 부르지.]

사미호가 초백한의 설명에 한마디를 덧붙였다.

[네, 맞아요. 그렇게도 불러요.]

"그래? 아무튼 이게… 120년 근이라 이거지?"

[모삼과 자삼 사이에 약간의 차이는 있지만 대략 그래요.]

전율의 가슴이 두근거리며 뛰었다.

30년 근도 뿌리당 최소 300만 원을 호가했다.

그렇다면 그 네 배나 더 자란 120년 근은 대체 뿌리당 얼마란 말인가?

전율이 의문을 품는 순간 마더의 음성이 들려왔다.

[천종산삼을 스캔해 본 결과 120년 근 가족삼이 맞습니다.

2009년 현재의 시세로 봤을 때 뿌리당 3,000만 원을 호가합니다.]

"뭐?"

전율이 놀라서 굳어버렸다.

"그럼… 열두 뿌리 전부 계산하면… 최소 3억 6천……!"

이건 대박이라는 말로도 모자랐다.

이전에 캔 산삼을 팔아 번 돈의 세 배 이상을 얻게 되었다.

[돈 많이 벌었네? 다 내 덕인 거 알지, 우리 주인?]

"그래, 잘 알아."

[나 좀 예뻐 보이겠다?]

전율이 너털웃음을 흘렸다.

"지금은 조금 예쁜 것 같네."

[그럼 오늘 밤에 나랑…….]

"싫어."

[어머, 단칼에 잘라 버리네? 우리 주인 남자 맞아? 보통은 숟가락 들 힘만 있어도 그냥 준다는 거 마다 안 하는데 말이야.]

"첫째, 넌 사람이 아니라 요수이고, 둘째, 난 마음에도 없는 사람이랑 그런 짓 안 해."

전율도 쓰레기처럼 살던 전생에서는 오는 여자 마다하지 않았다.

실제로 전율의 주변엔 좀 논다는 여자들이 항상 꼬였다. 싫다는 여자를 함부로 건든 적은 없었다. 대부분 여자 쪽에서 먼저 대놓고 접근했기 때문이다.

원래 전율이 노는 바닥 자체가 그랬다.

한데 외계 종족의 침략이 시작되고 난 이후 하루하루 생사의 경계를 넘나드는 삶을 이어나가면서 전율의 가치관이 변했다.

인류 최대의 과제는 생존이었고, 전율 역시 그랬다.

전에는 그저 쾌락만을 위해 살았지만 그런 것들이 다 무의미해졌다.

그 상태에서 죽음을 겪고 다시 태어난 전율에게 성적 욕구는 큰 부분을 차지하지 못했다.

"그나저나 궁금한 게 있는데, 마더."

전율은 사미호가 또 이상한 소리를 하기 전에 말을 돌렸다.

[질문하십시오.]

"어떻게 산삼에 관한 정보들이 네 안에 입력되어 있는 거지? 지금까지의 네 패턴으로 보건대 영 어울리는 것 같지 않아서 말이야."

[제 메모리에 접근 권한을 가진 사람은 지구상에 딱 다섯밖에 없었습니다. 그들은 제 메모리에 원하는 정보를 얼마든지 입력할 수 있습니다. 산삼에 대한 기록은 그들 중 누군가가 입력한 것입니다.]

"그렇군."

그렇다면 할 말이 없었다.

어찌 되었든 당장 전율에게 도움 되는 정보를 넣어놓았으니 누구의 취향인지는 몰라도 오히려 고마웠다.

"이진택 사장을 다시 만나야겠군."

이진택 사장은 전율에게 30년 근 천종산삼 열일곱 뿌리를 산 사람이다.

전율은 천종산삼 열두 뿌리를 이끼에 싸서 잘 챙긴 뒤 산을 내려와 버스터미널로 향했다.

*　　　　*　　　　*

삼일물산의 이진택 사장은 철저하게 미리 짜놓은 스케줄대로 행동하는 사람이었다.

때문에 어떤 외부적 요인으로 자신의 스케줄이 달라지는 것을 상당히 싫어했다.

그런데 오늘 그런 일이 일어났다.

오후 세 시경엔 마사지를 받으러 갈 예정이었다.

그런데 전율에게 전화가 왔고, 그는 당장 120년 근 산삼 열두 뿌리를 살 수 있겠냐고 물었다.

평소의 이진택 사장이었다면 자신의 일정에 없던 일이니 차후에 보자고 약속을 미뤘을 것이다.

하지만 그가 스케줄 이상으로 끔찍하게 챙기는 게 바로 건강이었다.

특히 그는 자기 건강뿐만 아니라 일가 친인척들의 건강도 필요 이상으로 챙겼다.

그는 마사지 예약을 취소하고 당장 전율과 약속을 잡았다.

전율이 약속한 시간에 삼일물산에 도착했다.

비서를 따라 사장실에 들어서니 이진택 사장이 두 팔 벌려 전율을 환영했다.

"하하하! 어서 오게, 율 군!"

"잘 지내셨습니까?"

"자네가 준 산삼 덕을 톡톡히 보고 있다네. 나뿐만이 아니라 우리 장인어른이랑 친가 쪽 사람들도 하나같이 엄지를 치켜세우더군. 일단 앉게."

두 사람은 소파에 마주 보고 앉았다.

"그래, 이번에는 120년 근 열두 뿌리라고?"

"그렇습니다."

"전부 4억에 팔겠다고 했던가?"

"돈을 더 주겠다는 사람도 있었지만 사장님께는 특별히 4억에 드리겠습니다."

전율은 마더가 예상했던 최소 금액에서 4천을 더 높여 말했다.

이진택 사장은 흔쾌히 고개를 끄덕였다.

"내 당장 통장으로 이체해 주겠네. 저번에 그 계좌로 쏘면 되겠나?"

"네, 그렇게 해주십시오."

"알겠네. 그럼 물건을 좀 볼까?"

전율이 가방에서 이끼에 덮인 산삼을 꺼내 테이블에다 올려놨다.

120년 근 산삼 열두 뿌리를 바라보는 이진택 사장의 눈이 반짝거리며 빛났다.

그는 산삼 한 뿌리를 조심스레 만졌다.

"확실히 120년 근이란 말이지?"

"믿기 힘드시면 감정을 맡겨보셔도 됩니다. 만약 120년 근이 아닐 경우 돈은 전부 돌려 드리겠습니다."

"자네를 믿지 못하는 건 아니지만 내가 삼 보는 눈이 전문가 급은 아니라서 말이네. 일단 2억을 먼저 입금하고 감정이 끝나면 나머지 2억을 바로 입금하겠네."

"그건 싫습니다."

"싫다?"

전율이 딱 잘라 거절했다.

설마 전율이 그렇게 나올 것이라 예상하지 못한 이진택 사장이 눈을 크게 떴다.

"이보게, 나 이진택이야. 고작 2억 때문에 장난치지 않아."

"전 전율입니다. 고작 4억 때문에 허튼 물건 가져와서 장난치지 않습니다."

전율이 이진택 사장의 말을 받아쳤다.

이진택 사장은 놀라움을 넘어 당황스러웠다.

삼일물산이 크게 성장하고 나서 누구도 자신을 이렇게 대한 사람은 없었기 때문이다.

하나같이 이진택 사장에게 고개를 조아리거나 잘 보이려고 아부를 떨었다.

그런데 전율은 달랐다.

그에게서는 비굴한 모습도, 스스로를 낮추는 모습도 보이지 않았다.

오히려 4억을 '고작'이라 말하며 당당하게 나왔다.

이제 스물두 살밖에 안 된 청년의 포부가 장난이 아니었다.

이진택 사장이 이 상황을 어떻게 대처해야 하나 고민하고 있자니 전율이 다시 말을 이었다.

"이진택 사장님, 죄송하지만 이건 사장님과 제가 동등한 입장에서 물건을 거래하는 겁니다. 제 입장에서는 4억에 넘기는 것도 그나마 사장님이니 조금 숙이고 들어간 겁니다. 120년근이 아니면 받은 4억을 그대로 토해내겠다고 했습니다. 그 말은 이 자리에서 4억을 전부 달라는 얘깁니다. 살 생각이 없다면 다른 사람에게 넘기겠습니다."

전율이 산삼을 다시 챙기려 했다.

그러자 이진택 사장이 크게 웃었다.

"하하하하하! 역시 대담하군! 아직 어린 사람이 배짱이 두둑해! 내 사과하지. 미안하네. 자네 같은 사람한테는 안전장치 같은 게 필요 없어. 당장 4억 전부 넣어주겠네."

이진택 사장이 스마트폰을 들어 어딘가로 전화를 걸었다.

그리고 잠시 몇 마디를 주고받은 뒤 끊었다.

"통장 확인해 보게."

이진택 사장의 말이 끝나자마자 스마트폰에 문자 하나가 왔다.

확인해 보니 4억이 계좌에 입금되었다는 내용이다.

"네, 확인했습니다. 이제 산삼은 사장님 물건입니다."

"하하하! 자네는 시원시원한 게 매력이야. 오늘은 점심 잘 챙겨 먹고 왔나?"

"네, 간단하게 해결했습니다."

"그래서 쓰나. 밥은 늘 든든하게 먹어야지. 아무튼 이번에도 고맙네. 한데 자네, 내가 제안하고 싶은 게 하나 있는데……."

천종산삼을 가만히 바라보던 이진택 사장은 불현듯 아이디어가 떠올라 운을 띄웠다.

"그게 뭡니까?"

"삼 캐는 실력이 보통이 아닌 것 같은데… 차라리 나랑 손잡고 작게 사업을 시작해 보면 어떻겠나?"

"그게 저한테 과연 더 이득이 될까요?"

이진택 사장이 고개를 끄덕였다.

"물론이고말고. 삼일물산이 우리나라 최고의 기업은 아니지만 상위 열 손가락 안에 드는 기업인 거 모르는 사람이 있는가?"

"그건 알고 있습니다. 하지만 굳이 삼일물산과 손잡지 않아도 저는 산삼을 팔 수 있습니다."

괜히 한번 튕겨보는 말이었지만 딱히 거짓말도 아니었다.

전율은 이진택이 아니어도 얼마든지 천종산삼을 팔 루트를 개척할 자신이 있었다.

이진택이 고개를 절레절레 저었다.

"자네가 모르는 게 있네. 삼일물산에서는 로열패밀리들을 주 고객으로 삼고 있는 프리미엄 매장을 운영하고 있지. 그 매장에 진열되는 모든 물건은 삼일이라는 브랜드가 붙음으로써 최소 가격이 20퍼센트는 뛴다네. 산삼 역시 마찬가지겠지?"

"그러니까 내가 산삼을 캐 오면 매장에서 지금보다 더 비싼 가격에 팔겠다 이겁니까?"

"그렇다네."

"수익은 어떻게 나눕니까?"

"삼일물산 측에서는 총수익의 10퍼센트만 갖겠네. 어떤가?"

나쁘지 않은 조건이다.

사실 전율은 슬슬 다른 판매 루트도 알아보려는 참이었다.

이진택 사장이 아무리 돈이 많다고 해도 달에 몇 번씩 억 단위 돈을 들여 삼을 사들이진 못할 것이기 때문이다.

한데 로열패밀리를 상대하는 매장에 삼을 전시해 판다면 다른 판매처를 찾을 필요가 없어진다.

더불어 삼의 가격도 지금보다 오른다.

삼일물산 측에서는 삼을 브랜드명으로 포장하고 관리, 판매까지 해주면서 총수익의 10퍼센트만 갖는다고 한다.

절대 전율이 손해 보는 장사가 아니었다.

"나쁘지 않은 제안 같네요."

"그렇지?"

"그런데 조건이 너무 일방적으로 제게만 유리한 것 같습니다. 왜 이렇게까지 호의를 베푸시는 겁니까?"

이진택 사장이 씩 웃었다.

"난 장사꾼이라네. 좋은 장사꾼은 좋은 물건보다 좋은 인재를 먼저 알아보는 법이지. 지금은 나중을 위한 투자 정도로 해두지."

"알겠습니다. 그렇다면 그 투자, 감사히 받겠습니다."

"하하하하! 역시 시원시원해. 그래, 내 곧 다시 연락하겠네. 오늘은 그만 가보도록 해."

"담에 뵙겠습니다."

전율은 이진택 사장과 악수를 나누고 사장실을 나왔다.

오늘은 이래저래 생각지도 못한 수확이 많은 날이었다.

지우는 오래간만에 고등학교 동창을 만나 술자리를 가졌다.

"진짜 오랜만이다. 1년 만인가?"

"그렇지."

동네의 작고 조용한 술집에서 재회한 두 사람은 어색하게 첫인사를 건넸다.

지우가 만난 동창은 남자였다.

이름은 주호성.

평소 남자와는 되도록 술자리를 갖지 않는 지우인 만큼 이건 대단히 이례적인 일이었다.

하지만 주호성만큼은 괜찮다고 생각했다.

지우를 보며 대놓고 이성적인 감정을 어필하며 다가오는 남자들 속에서 주호성은 고딩 때부터 담백하게 다가왔기 때문이다.

그는 지우에게 조금도 사심 같은 걸 내비친 적이 없었다.

게다가 이미지도 상당히 좋았다.

성적은 톱클래스, 운동도 잘했고 교우 관계 역시 원만했다.

집안도 경제적으로 딱히 나쁜 것 같지는 않았다.

고등학교 시절에는 주호성이 제법 괜찮은 기업의 아들이라는 소문도 떠돌았다.

물론 지우는 그런 소문에 전혀 관심을 갖지 않았다.

그저 호성이는 제법 괜찮은 녀석이라는 이미지가 전부였다.

고등학교를 졸업하고 두 사람은 동창회에서 딱 한 번 만났다.

그때 서로의 전화번호가 바뀌지 않았음을 확인했고, 이후로는 간간이 안부만 주고받다가 1년 만에 재회한 것이다.

"넌 계속 예뻐진다?"

"너야말로 운동 열심히 하나 본데?"

그건 인사치레 같은 말이었지만 빈말은 또 아니었다.

지우는 갈수록 미모가 빛을 발했고, 주호성은 고등학교를 졸업한 이후부터 꾸준히 무에타이를 배워온 터였다.

두 사람은 과거의 추억을 안주 삼아 술을 한 잔 두 잔 넘겼다.

그러다 살짝 술이 오른 주호성이 대뜸 팔을 걷어붙였다.

"야, 나 진짜 운동 열심히 했다? 근육 한번 만져 볼래?"

"에이그, 됐어. 근육 자랑은 네 애인한테나 해."

지우의 핀잔에 주호성이 시무룩해졌다.

"하아, 있어야 하지."

"없어? 애인이?"

"반년째 싱글이다. 너는?"

"나는 22년째 싱글."

"뭐? 태어나서 지금까지 한 번도 연애를 안 해봤다고?"

"응."

지우가 방긋 웃었다.

"우와, 어떻게 연애 한 번 못 해본 애가 그렇게 해맑을 수 있냐. 하긴… 그게 있다가 없으면 허전해도 처음부터 지금까지 쭉 없었다면 허전한 게 무언지 모를 수도 있겠다."

'허전……'

지우가 그 말에 자신의 스마트폰을 만지작거렸다.

그러다 저도 모르게 주소록을 터치해 전율의 이름을 검색

했다.

그런 지우를 본 주호성이 궁금해하며 물었다.

"어디 연락 올 데 있어?"

"어? 아, 아니. 아니야."

지우가 스마트폰을 닫고 테이블 위에 올려두었다.

"갑자기 얼굴이 어두워진 것 같다, 너?"

"어둡기는 뭐가 어두워? 술이나 마시자. 건배!"

"좋지. 건배!"

                    *   *   *

술이 들어가고 취기가 오를수록 지우는 점점 더 전율이 보고 싶어졌다.

하지만 먼저 연락할 용기는 없었다.

이번에도 돌아오는 건 차가운 태도뿐일 테니까.

"나 화장실 좀 갔다 올게."

지우가 자리에서 일어나 화장실로 향했다.

그것을 가만히 보고 있던 주호성이 주머니에서 새끼손가락한 마디만 한 작은 병을 꺼냈다.

병 안에는 무언지 모를 액체가 담겨 있었다.

주호성은 그것을 지우의 잔에다 몇 방울 떨어뜨리고 얼른 품에 다시 숨겼다.

마침 지우가 돌아와 다시 자리에 앉았다.

그런 지우에게 주호성이 물었다.

"너 뭔 일 있지? 어째 알코올이 들어갈수록 점점 더 다운되는 것 같다?"

"아무 일 없다니까."

"그래그래, 알았다. 술이나 마시자!"

"하아, 그래."

지우가 주호성과 건배를 하고 소주 한 잔을 쭉 들이켰다.

주호성이 비어버린 지우의 잔을 얼른 새로 채워주었다. 지우도 병을 넘겨받아 주호성의 잔에 술을 따르려 했다.

그런데 갑자기 시야가 흐려졌다.

"으응……?"

지우는 고개를 세차게 흔들었다.

하지만 시야는 점점 더 흐려졌고 급기야는 머리까지 핑핑 돌았다.

"아… 왜 이러지?"

"너 많이 마셨냐? 애가 갑자기 정신을 못 차리네."

"아니… 나 이 정도에 취하지 않는데……."

지우의 주량은 여자치고 그리 약한 편이 아니었다.

소주 두 병 정도를 마시면 기분 좋게 취했고, 그 이상은 누가 권해도 마시지 않았다.

지금은 주호성과 서로 딱 한 병 비운 상태였다.

아직 취하기엔 너무 일렀다.

그런데 갈수록 정신이 혼미해지고 전신에서 힘이 쫙 빠졌다.

지우는 무언가 잘못됐다는 걸 알았다.

하나 그걸 알았을 땐 이미 스스로 몸을 가눌 수 없는 상태가 되고 말았다.

정신은 미약하게 남아 있는데 도통 몸이 말을 듣지 않았다.

이를 본 주호성의 입가가 미세하게 말려 올라갔다.

그는 얼른 표정 관리를 하고서 지우의 손에 들려 있는 병을 빼앗아 테이블에 놓고는 그녀의 옆으로 갔다.

"야, 너무 취했다. 그만 마시고 들어가자."

"으응……."

"나 차 가져왔으니까 데려다줄게. 사장님, 여기 대리기사님 좀 불러주세요!"

*　　　*　　　*

전대국은 편의점에서 산 샌드위치로 허기를 달래고 있었다.

그때 대리기사 콜이 들어왔다.

콜 들어온 건물이 마침 근처인지라 반 정도 남은 샌드위치를 입안에 욱여넣고 빠르게 움직였다.

전대국은 차주에게 전화를 걸어 금방 도착하니 비상등을 켜달라고 요청했다.

3분도 걸리지 않아 전대국은 콜이 들어온 작은 술집 앞에 도착했다. 술집 앞 도로에 비싼 외제 차 한 대가 비상등을 켜고 서 있는 게 보였다.

전대국이 다가가 운전석 문을 열었다.

앞좌석엔 아무도 없고 뒷좌석에 남녀가 앉아 있었다.

주호성과 지우였다.

"대리 부르셨죠?"

"네, 맞아요. 얼른 타세요."

주호성은 귀찮다는 듯 대답했다.

아직 나이도 어린 녀석이 싸가지가 영 덜되어먹었다는 생각이 들었지만 전대국은 크게 문제 삼지 않았다.

대리기사 일을 하다 보면 이런 경우야 다반사다.

전대국이 운전석에 앉아 시동을 켜고 물었다.

"어디로 모실까요?"

"방동리 104—7번지요."

"알겠습니다."

대답은 했지만 저렇게 지번으로 얘기하면 그냥 찾아가기가 조금 까다롭다.

전대국은 차에 달린 내비게이션에 주소를 입력했다.

그러자 주호성이 버럭 소리쳤다.

"어이, 아저씨! 대리기사가 내비 켜야 찾아가요?"

"아, 하하! 죄송합니다. 편안하게 모시겠습니다."

"됐고, 내릴 때 지문 싹싹 지우세요."

"…네, 그럴게요."

전대국은 차오르는 화를 꾹 참고 차를 몰았다.

성질 같아서는 벌써 뒤집어엎었겠지만 집에 있는 가족을 생각하면 그건 안 될 일이었다.

차가 출발했다.

주호성은 자기 옆에서 축 처진 지우를 바라보며 비린 미소를 머금었다. 그러고는 지우의 몸을 잡아 자기 쪽으로 당겼다.

지우는 주호성의 손이 이끄는 대로 끌려갔다. 정신은 아직 있었지만 몸을 가눌 수가 없어 그녀의 의사와는 상관없이 주호성의 어깨에 머리를 기대게 되었다.

'뭐야? 얘가 갑자기 왜 이러지? 그리고 나… 분명히 이상해. 왜 이렇게 몸에 힘이 안 들어가는 거야?'

주호성은 한 손을 쭉 뻗어 지우의 어깨를 감싸 확 끌어안았다.

그리고 다른 손으로는 허벅지를 어루만졌다.

지우는 미간을 찌푸리며 있는 힘을 다해 몸을 비틀었다.

하지만 그뿐이었다.

주호성의 품에서 벗어날 수는 없었다.

그 광경을 룸미러로 힐끗거리며 살피던 전대국의 미간이 구겨졌다.

아무래도 여인이 술에 취해 억지로 끌려가는 것 같았다.

그러나 함부로 참견할 수는 없는 입장인지라 일단은 잠자코 있었다.

주호성의 음탕한 시선이 지우의 몸 구석구석을 뱀처럼 훑었다.

그가 지우의 귀에 대고 속삭였다.

"내가 널 얼마나 품고 싶었는지 알아? 처음 봤을 때부터 그랬어. 그런데 여간내기가 아니더라고. 다른 새끼들이 어설프게 접근했다가 그냥 차이는 거 보고 쉽게 건드리면 안 되겠다고 생각했지. 언젠가는 한번 잡아먹어야겠다고 마음먹고 있었는데, 병신같이 그러다가 고딩 시절이 다 끝났지. 뭐, 너 아니어도 얼굴 반반하고 골 빈 년들 많았으니까 그냥 잊고 살았어. 그런데 동창회에서 다시 만났을 때 그런 생각이 들더라고. 안 되겠다. 언젠가는 한번 품어야겠다."

그 말을 듣는 순간 지우의 온몸에 소름이 돋았다.

"으… 으으……."

지우의 입에서 신음이 흘러나왔다.

소리를 지르고 싶은데 그게 맘대로 되지 않았다.

"하, 진짜 힘들었어. 나 고딩 때는 사고 치면 큰일 나서 젠틀한 척하고 다니느라 좀이 쑤셨거든. 근데 그런 모습이 널 품을 기회를 만들어줄 줄 몰랐다."

"우우… 시, 싫어……."

전대국은 확실히 들었다.

주호성이 속삭이는 얘기는 너무 작아서 들리지 않았지만 지우의 말은 그의 귀로 정확히 들어왔다.

마침 내비게이션이 목적지에 도착했음을 알렸다.

차가 멈춰 선 곳은 후미진 시골 마을에 지어진 작은 별장이었다.

거기는 주호성의 아버지가 사두고 가끔 찾는 곳이었다.

물론 주호성도 아버지가 이용하지 않을 때는 자주 찾아왔다.

스스로 안기려 드는 여자나 강제로 품고 싶은 여자를 데리고 말이다.

전대국이 차에서 내렸다.

주호성도 따라 내려 전대국에게 대리비를 지불했다.

그리고 지우를 끌어내리려 했다.

하지만 지우는 필사적으로 저항했다.

"시, 싫어. 우리 집… 집으로……."

"왜 그래, 지우야? 술 많이 취했네. 오늘 나랑 여기서 자기로 했잖아? 연인 사이에 누가 보면 오해하겠다. 그렇죠, 아저씨?"

주호성이 씩 웃으며 전대국에게 물었다.

그런데 눈은 무섭게 부릅뜨고 있었다.

알아서 사라지라는 무언의 압박이다.

전대국은 잠깐 갈등했다.

끼어들어야 하나 말아야 하나.

아마 대부분의 사람은 이런 경우 괜한 일에 엮이기 싫어 그냥 자리를 피할 것이다.

정말로 연인 사이일 수도 있는 것이고, 일이 잘못되기라도 하면 직장을 잃을 수도 있기 때문이다.

가정을 책임져야 하는 입장에서 그건 안 될 말이었다.

하나 전대국은 도저히 그냥 넘길 수가 없었다.

주호성이 전대국에게서 신경을 끄고 다시 지우를 끌어내리려 했다.

"지우야, 얼른 내리자. 응?"

"싫어. 싫다고. 집에… 집에 가야 돼."

지우의 혀가 점점 풀렸다.

몸에도 전보다 힘이 조금 더 들어갔다.

그에 주호성이 주먹을 꽉 쥐었다.

'씨팔, 약을 좀 더 탈걸. 목석같이 가만있으면 재미없어서 조금 덜 탔더니 지랄을 하네. 한 대 쳐서 끌고 가?'

고민은 짧았다.

주호성은 주먹으로 그대로 지우의 얼굴을 때리려 했다.

한데 그때였다.

턱.

어느새 다가온 전대국이 주호성의 팔목을 잡아챘다.

"뭐야?"

주호성이 전대국의 손을 뿌리쳤다.

"손님, 아무리 봐도 그 여자분, 애인이 아닌 것 같은데요."

"애인 맞는지 아닌지 그걸 아저씨가 어떻게 알아? 아니, 그것보다 당신이 무슨 상관이야? 일 크게 만들지 말고 그냥 가세요, 좀."

"그냥 갈 수가 없겠는데."

"아이, 씨팔! 기분 좆같이 만들지 말고 꺼지라고!"

"어린 사람이 영 못된 것만 배웠구만. 아무리 내가 그쪽을 손님으로 태우고 왔지만 그게 어른한테 할 소린가?"

"하, 나 진짜… 별게 다 깝치네. 너 죽을래?"

"더 하겠다면 신고할 테니 그리 알아!"

"신고? 크큭, 해봐."

전대국이 주머니에서 스마트폰을 꺼내려 했다.

그 순간 주호성이 바람처럼 날아들어 전대국의 복부를 걷어찼다.

퍽!

"크윽!"

2년 동안 무에타이로 단련된 발길질이다.

그게 제대로 복부에 틀어박히자 전대국은 숨이 턱 막히는 고통을 느끼며 바닥에 널브러졌다.

털썩!

"크흐윽!"

전대국이 몸을 한껏 웅크렸다.

주호성이 그런 전대국에게 다가와 뺨을 때렸다.

짝!

"으윽!"

"아저씨, 그러게 왜 낄 데 안 낄 데 구분을 못 하고 설쳐? 그냥 조용히 갔으면 아무 일 없었잖아! 뭐? 어린 사람이 어른한테 할 소리냐고? 씨팔, 너 어린 사람한테 한 번도 맞아본 적 없지? 오늘 한번 제대로 맞아봐!"

주호성이 전대국을 발로 짓이기려 할 때였다.

띠링.

차 안에서 스마트폰의 잠금 패턴을 푸는 소리가 들려왔다.

주호성이 얼른 달려가 뒷좌석에 고개를 들이밀었다. 지우가 막 112에 전화를 하려는 참이다.

주호성은 지우의 손가락이 통화 버튼을 터치하기 전에 잽싸게 스마트폰을 빼앗아 배터리를 뽑았다.

"하하하! 진짜 연놈들이 쌍으로 지랄을 떠네!"

지우가 그런 주호성을 매섭게 노려봤다.

"너… 원래 이런 새끼였니?"

"그래, 나 원래 이런 새끼였어. 놀랐지? 서프라이즈!"

"이런 짓을 하고도 네가 아무 일 없을 것 같아?"

"이런 짓? 어떤 짓? 아~ 대리기사 패고 너 따먹으려고 한 거? 괜찮아. 늘 이렇게 살았는데 여태까지 아무 문제 없었거든."

전대국은 고통에 신음하면서도 주호성의 작태에 기가 막혔다.

녀석이 지우에게 정신이 팔려 있는 동안 전대국은 몰래 스마트폰을 꺼냈다. 신고를 하기 위해서다. 그런데 그때 갑자기 스마트폰의 벨이 울렸다.

전율에게서 온 전화다.

"뭐야!"

주호성이 전대국을 확 돌아봤다.

전대국은 전화를 받자마자 말했다.

"방동리 104—7번지! 폭행 사건으로 신고……!"

그때 주호성이 전대국의 스마트폰을 빼앗아 바닥에 던져 부숴 버렸다.

콰직!

"진짜 안 되겠네!"

픽!

"악!"

주호성이 전대국의 옆구리를 걷어찼다.

분이 안 풀린 그가 한 번 더 발길질을 하려는데 누군가가 덥석 그의 허리를 잡아끌었다.

지우였다.

몸을 가누기도 힘든 그녀가 젖 먹던 힘까지 끌어내어 거의 기듯이 다가와 주호성을 말린 것이다.

주호성이 그런 지우의 뺨을 올려붙였다.

짝!

"악!"

"넌 씨팔, 저기 찌그러져 있어! 이따 상대해 줄 테니까!"

주호성이 다시 전대국의 턱을 걷어찼다.

픽!

"끄으……."

전대국은 뇌가 흔들렸고, 그대로 기절했다.

하지만 주호성은 멈추지 않고 계속 발길질을 하려 했다.

"그만해, 나쁜 새끼야!"

지우가 필사적으로 달려들어 그런 주호성의 바지춤을 잡아당겼다.

"어, 어?"

한쪽 발을 들어 올리고 있던 주호성이 중심을 잃고 뒤로 넘어졌다.

지우는 그 틈에 쓰러진 전대국의 몸을 자신의 몸으로 덮었다.

벌떡 일어난 주호성이 너털웃음을 흘렸다.

"하, 하하! 너 지금 뭐 하냐? 그 얼굴도 모르는 대리기사 지켜주겠다고? 네 걱정이나 해! 병신 같은 게!"

퍽!

주호성의 발이 지우의 등을 짓밟았다.

"아악!"

"얼굴 좀 반반하다고 오냐오냐 해줬더니 끝까지 기어올라? 어!"

주호성이 다시 한 번 지우를 구타하려 할 때였다.

"거기서 더 하면!"

어딘가에서 벼락같은 호통이 들려왔다.

주호성이 놀라 앞을 살폈다.

어둠 속에서 누군가가 다가오고 있다.

"죽는다, 이 개새끼야!"

그는 전율이었다.

*   *   *

산삼을 팔고 기분 좋게 집으로 돌아온 전율은 두 자매와 함께 외식을 했다.

부모님과 함께했으면 더 좋았겠지만 두 분 다 워낙 바빠서서 당장은 그게 힘들었기 때문에 일단 동생과 누나부터 챙기기로 한 것이다.

한 번도 가족과 외식을 하자고 한 적이 없는 전율인지라 하율이는 놀라워했고, 소율이는 폴짝폴짝 뛰며 좋아했다.

세 남매는 평소엔 갈 엄두도 못 낸 패밀리레스토랑으로 향했다.

소율의 기억 속에 마지막으로 패밀리레스토랑에 간 건 초등학교 1학년 때였다.

이후엔 집안이 부도가 나서 근처에도 가지 못했다.

근 10년 만에 와본 패밀리레스토랑은 소율의 기억 속에 있는 모습과 너무나 달랐다.

하율이도 패밀리레스토랑에 온 게 좋긴 했지만 은근히 걱정이 되었다.

전율이 너무 큰돈을 쓰는 게 아닌가 싶어서였다.

그에 전율은 걱정하지 말고 먹고 싶은 건 마음껏 먹으라고 했다.

세 남매는 메인 메뉴를 하나씩 골랐다.

소율이는 스테이크, 하율은 파스타, 전율은 필라프를 주문해서 맛있게 먹었다.

든든하게 배를 채운 세 남매는 패밀리레스토랑에서 나왔다.

그런데 집으로 가던 중 소율이가 노래방에 가자고 졸랐다.

전율은 동생의 말이라면 무엇이든 다 들어주고 싶었다.

결국 쑥스러워하는 하율이를 설득해서 다 같이 노래방으로 향했다.

신나게 노래를 부르고 나니 어느덧 밤이 되어 있었다.

그대로 집에 들어가려니 전율은 부모님이 마음에 걸렸다.

시간을 보니 어머니도 가게에서 돌아오실 때가 되었다.

전율은 가족끼리 밖에서 술 한잔 기울일까 싶어 아버지에게 전화를 걸었다.

오늘은 대리운전 조기에 끝내고 돌아오시라 말할 참이었다.

그런데 스마트폰 너머에서 전대국의 다급한 목소리가 들려왔다.

　―방동리 104―7번지! 폭행 사건으로 신고……!

　미처 전대국이 말을 다 마치지도 않았는데 통화가 끊겼다.

　놀란 전율이 다시 전화를 걸었지만 전대국은 받지 않았다.

　전율은 하율과 소율에게 둘이 먼저 집에 들어가라고 했다. 자매는 영문을 모른 채 전율이 시키는 대로 했다.

　전율은 도로를 향해 달렸다. 택시를 잡아탈 셈이었다. 하지만 지나가는 택시가 보이지 않았다.

　"젠장!"

　전대국이 위험에 처한 게 분명한 지금 일분일초가 급했다. 만약 날아갈 수만 있다면 날아서라도 가고 싶은 마음이었다. 그때 전율의 뇌리를 스쳐 가는 것이 있었다.

　"바람의 펜던트!"

　전율은 당장 인적이 드문 골목으로 들어섰다. 그리고 스토어에서 산 바람의 펜던트에 마나를 주입했다.

　바람의 펜던트에 마나가 적당히 주입되자 하얀색에서 파란색으로 변했다.

　'방동리라면 내가 자주 가던 펜션이 있는 동네다!'

　전율은 그 펜션의 위치를 떠올렸다.

　그러자 그의 몸이 환한 빛에 휩싸여 사라졌다.

*　　　*　　　*

전율이 다시 나타난 곳은 그가 기억하고 있는 펜션 근처였
다.

'어디지?'

전율은 다급히 전대국이 있는 곳을 찾았다.

그런데 저 멀리 가로등도 몇 개 없는 어두운 골목에 밝은
불 두 개가 나란히 비추고 있는 게 보였다. 자동차 라이트였
다.

전율은 당장 그곳을 향해 달렸다.

거리가 가까워질수록 소란스러운 소리가 들려왔다.

전율의 다리가 더 빨라졌고, 지척에 도착했을 때,

"그만해, 나쁜 새끼야!"

누군가를 밀어내고 바닥에 널브러진 또 다른 이를 몸으로
감싸는 여인의 모습이 보였다.

밀려났던 누군가는 험한 소리와 함께 여인의 등을 밟았다.

"악!"

여인의 비명 소리가 한차례 크게 울렸다.

이제는 사람의 얼굴을 분간할 수 있을 만큼 가까워졌고, 전
율은 여인이 지우라는 것을 알 수 있었다.

그리고 그녀가 몸을 던져 보호하려 한 이는 바로 전대국이

었다.

"얼굴 좀 반반하다고 오냐오냐 해줬더니 끝까지 기어올라? 어!"

딱 전율 또래의 청년 주호성이 지우의 등을 또 한 번 밟으려 했다.

전율의 눈에서 불똥이 튀었다.

"거기서 더 하면!"

주호성의 행동이 전율의 고함에 그대로 멈췄다.

"죽는다, 이 개새끼야!"

주호성은 갑자기 나타난 전율을 물끄러미 바라봤다.

"이건 또 뭐야?"

주호성은 전율의 얼굴을 모른다.

그는 전율이 사고를 치고 퇴학당한 다음 두 달 후에 전학을 왔기 때문이다.

전율은 동창회에도 나가지 않았으니 당연히 둘 사이엔 면식이 없었다.

하지만 그는 전율에 대해서 알아야 했다. 당장에라도 무릎 꿇고 살려달라고 빌어야 했다. 그래야 지옥을 보지 않을 테니까.

애석하게도 그는 전율을 제대로 건드렸다.

퍽!

"꺅!"

"더 했네? 어쩔 건데?"

전율이 이를 빠득 갈았다.

그가 전광석화처럼 달려와 주호성의 명치를 주먹으로 후려쳤다.

뻐어억!

"끄어어어억!"

주호성이 숨넘어가듯 비명을 지르며 뒤로 죽 날려가 바닥에 처박혔다.

콰당!

고통에 몸을 떨며 퍼덕이는 주호성을 보며 전율은 지우에게 물었다.

"어떻게 된 거야?"

"저 새끼가 날… 나한테 못된 짓을 하려 해서 대리기사님이 말렸는데 갑자기 주먹질을 하는 바람에……."

"지우야, 그 대리기사님 우리 아버지다."

눈물로 범벅이 된 지우의 얼굴이 멍해졌다.

"…어?"

"그리고 저 새끼, 이 자리에서 죽인다."

지우는 전율의 뒷모습을 보자 갑자기 긴장이 풀어졌다.

마음이 놓이는 순간 억지로 움직이던 몸이 다시 말을 듣지 않았다.

억지로 붙잡고 있던 정신의 끈도 다시 놓쳤다.

그녀는 결국 전대국의 등에 기대 스르르 잠들었다. 아니, 기절을 했다는 게 맞는 표현일 것이다.

한편, 전율은 주호성에게 터벅터벅 걸어가다 말고 그의 외제 차 옆에 멈춰 섰다.

"이 좆같은 차가 네 거냐?"

"쿨럭! 크읍……."

주호성이 겨우 비틀거리며 일어섰다. 하지만 속이 뒤집어지는 고통에 대답을 할 수가 없었다.

전율이 오러 피스트를 실어 자동차 보닛을 쾅 때렸다.

보닛이 와자작 찌그러지며 자동차 뒷바퀴가 살짝 들렸다가 내려왔다. 단 한 번의 일격으로 엔진이 박살 나고 자동차의 시동이 꺼졌다.

보닛에선 흰 연기가 피어올랐다.

주호성이 눈을 부릅뜨고 소리쳤다.

"너 이 개새끼야! 그 차가 얼마짜린 줄 알아! 너 같은 놈은 몸을 팔아도 못 사!"

전율이 주호성에게 서늘한 시선을 던졌다.

"그래?"

전율이 자동차 앞문을 걸어찼다.

쾅!

자동차는 그대로 죽 밀려나다가 돌부리에 걸려 붕 뜨더니 반 바퀴 돌아서 천장부터 떨어졌다.

콰아앙!

완전히 전복된 자동차를 보며 주호성이 놀라 굳어버렸다.

"저 별장은 얼마냐?"

전율이 전복된 차로 다가가 오러 피스트로 한 번 더 강하게 후려쳤다.

콰앙!

허공으로 붕 떠서 날아간 차가 별장의 외벽을 뚫고 들어갔다.

퍼억! 와르르르! 콰앙!

조금 전까지 멀쩡하던 차와 별장이 엉망이 되었다.

이미 두 번이나 하늘을 날았다가 떨어진 자동차는 있는 대로 찌그러졌고, 별장의 한쪽 벽은 통째로 무너져 속이 훤히 드러났다.

'뭐야, 이 새끼? 어떻게 인간이 이런 괴력을······.'

주호성은 자신의 두 눈으로 본 광경을 도저히 믿을 수가 없었다.

사람이 어떻게 차를 날려 버린단 말인가?

혹시 너무 취해서 어느 순간부터 꿈을 꾸고 있는 게 아닌가 싶었다.

그러나 여전히 명치에서 느껴지는 고통은 그것이 꿈이 아님을 증명하고 있었다.

이 모든 것은 현실이었다.

아울러 주호성이 건드려서는 안 될 사람을 건드린 것 역시 현실이었다.

전율은 자신과 가족을 건드린 사람에게는 자비를 베풀지 않았다.

적당히? 그런 단어는 전율에게 없었다.

건드리지 않았으면 모르되 한번 자신을 건드린 이상 끝장을 봐야 했다.

다음에 보면 눈만 마주쳐도 오줌을 지릴 정도로.

"폭뢰!"

전율이 별장을 겨냥하고 폭뢰를 시전했다.

전율의 손에서 튀어나온 뇌전의 구가 별장을 향해 날아갔다.

쐐애애애애액! 콰앙!

뇌전의 구가 별장에 처박힌 차에 작렬했다. 동시에 커다란 폭발을 일으키며 직경 4미터가 온통 번개 다발로 뒤덮였다.

번쩍! 콰르르릉! 콰릉! 콰릉!

세상이 하얀 섬광에 물들었다.

수 초가 지난 뒤 번개 다발은 멎었고 자동차가 폭발했다.

퍼엉!

폭발은 연쇄 폭발을 불러왔다.

퍼어엉! 콰앙! 우르르르!

별장은 폭발의 여파에 휘말려 산산조각 나 무너져 내렸다.

활활 불타는 별장을 주호성은 넋 나간 채로 바라보았다.

"방금… 뭐가 어떻게……."

너무나 믿기 힘든 광경을 봐서 제대로 된 사고를 하기 힘든 주호성이었다.

그때 전율이 녀석에게 위압을 쏘아 보냈다.

"커헉!"

갑작스레 죽음의 공포를 느낀 주호성은 두 다리를 후들거리며 전율을 바라봤다.

전율은 그런 주호성에게 천천히 다가갔다.

두 사람의 거리가 좁아질수록 주호성은 점점 더 숨이 막혀 왔다.

마치 저승사자가 자신의 목을 따러 오는 것 같은 착각이 들었다.

전율은 공포에 잠식된 주호성의 목을 한 손으로 잡고 확 들어 올렸다.

"캐액!"

그리고 물었다.

"넌 얼마냐, 개씨발새끼야."

Chapter 19.
갑질의 최후

커다란 폭발에도 지우와 전대국은 깨어나지 못했다.

전대국은 머리에 제대로 충격을 받았다. 지우는 술기운과 약기운에 취한 와중에 무리하는 바람에 심신이 완전히 녹다운됐다.

누가 귀에 대고 소리를 질러도 일어나지 못할 상태였다.

그래서 전율의 괴력과 마법을 본 건 주호성이 유일했다.

그 시골 마을엔 CCTV도 없다. 별장 주변엔 인가도 존재하지 않았다. 그나마 멀리 떨어진 펜션 건물이 전부였다.

비수기인지라 펜션에 놀러 온 사람도 없었다. 커다란 폭음에 놀란 펜션 주인들만 밖으로 나와 불이 나는 걸 보고 119에 신고했다.

하지만 화재가 난 곳에 갔다가 화를 입을까 다가오는 사람은 없었다.

주호성은 여전히 전율에게 목을 잡힌 채 허공에 붕 떠 있다.

위압이 정신을 짓누르는 데다 숨까지 막히니 당장에라도 죽을 것만 같았다.

전율이 주호성을 그대로 바닥에 처박았다.

퍽!

"악!"

등부터 땅에 떨어져 오장육부가 터지는 것처럼 아팠다.

전율의 발이 주호성의 옆구리를 걷어찼다.

퍽!

두두득!

"억!"

주호성의 옆구리 뼈가 부러졌다.

"아악! 끄아아악!"

마을이 떠나가라 고함을 지르는 주호성. 전율은 그런 주호성의 입을 발로 짓밟았다.

와작!

"크으읍……!"

주호성의 앞니가 그대로 부러져 혀 위로 후두두 떨어졌다.

이어 비릿한 피가 입안을 가득 메웠다.

정신이 나가 버릴 것처럼 아팠지만, 전율의 발이 입을 막고 있어 더 이상 비명을 지를 수도 없었다.

그는 이해할 수 없었다.

왜 생판 얼굴도 알지 못하는 녀석이 나타나 자신에게 해코지를 하는 건지.

게다가 이 괴력은 대체 어떻게 설명해야 하는 건지.

한데 그중 한 가지 의문은 곧 풀렸다.

"네가 감히 내 가족을 건드려?"

지우에게 남동생이나 오빠가 없다는 걸 주호성은 알고 있었다.

그렇다면…….

'대리기사! 그러고 보니 대리기사한테 전화가 왔었어!'

주호성은 위압에 짓눌리는 와중에도 마음속 한편에서 분노가 치밀어 올라 이를 빠득 갈았다.

'씨팔, 개 같은 것들이… 기껏 지 애비가 대리질이나 뛰고 있는 거지 같은 게… 날 이 꼴로 만들어?'

스피릿은 상대방의 정신을 건드리는 기술이다.

그런 만큼 멘탈이 강한 인간은 스피릿의 영향을 덜 받았다.

지금 주호성이 그랬다.

그는 어릴 적부터 엘리트 코스를 밟아왔고, 원하는 건 모두 손에 넣었다.

비록 고등학교에 입학하자마자 큰 사고를 쳐 춘천의 작은 학교로 전학 가 조용히 지내긴 했지만, 그때에도 철저하게 자기 본모습을 감추고 모범생인 척 연기할 만큼 멘탈이 강했다.

자의식 또한 어마어마했다.

단 한 번도 스스로가 나약하다거나 누군가에게 꿀린다는 생각을 해본 적이 없었다.

그래서 위압으로 주호성의 정신을 완벽하게 짓누를 수가 없었다.

죽음의 공포가 여전히 그를 괴롭게 했지만 그뿐이었다.

그는 설마 자기가 죽을 것이라고는 생각하지 않았다.

전율도 그것을 느끼고 있었다.

"너 같은 놈한테는 매가 약이야."

전율은 스피릿을 거두어들였다. 그러자 주호성이 두 손으로 자신의 얼굴을 밟고 있는 전율의 발목을 잡아챘다. 그는 안간힘을 쓰며 발을 치우려 했지만 헛수고였다.

"꼴값 떨지 마, 개새끼야!"

뻐억!

"아악!"

전율이 주호성의 입에서 발을 떼더니 어깨뼈를 걷어찼다.

괴로워하는 주호성의 곁에 쪼그려 앉은 전율은 그의 머리채를 휘어잡았다.

"지금부터 지옥을 보여주마. 내 가족을 건드린 대가가 어떤 건지……."

한데 그때였다.

저 멀리서 소란스러운 소리가 들리더니 소방차 두 대와 구급차 한 대가 달려왔다.

그에 주호성이 키들거리며 웃었다.

"크크큭! 넌 좆 됐어, 새끼야. 무슨 사기를 저지른 건지 모르겠는데 내 차랑 우리 별장 저 꼬라지로 만든 게 너니까."

"미친놈. 내가 했다는 증거 있냐?"

"내가 봤으면 그게 증거야!"

"사람이 차를 날려 버리고 번개까지 쐈다고? 말해봐. 너만 미친놈 될 테니. 그리고 넌 어차피 내가 한 짓 기억 못 할 거다. 하지만 나한테 엉망진창으로 얻어맞은 건 기억하게 해주지."

전율이 주호성의 검지를 잡았다.

"뭐, 뭐 하는……!"

주호성이 입을 여는 순간, 그의 검지가 우두둑 소리를 내며 뒤로 꺾였다.

"끄아악!"

"너 같은 쓰레기는 이 정도로도 부족해."

전율은 중지도 잡아 손등에 닿을 때까지 꺾어버렸다.

두두둑!

"아아아악!"

이어 전율은 남은 세 손가락을 하나하나 부러뜨려 나갔다.

"네가."

뚝!

"아악! 개새끼야아아!"

"누굴 건드린 건지."

뚝!

"끄아아아! 씨바아알!"

"똑똑히 기억해라."

두두둑!

"아아아아아악!"

주호성의 다섯 손가락이 전부 완전히 부러져 너덜거렸다.

전율이 벌떡 일어서서 그 손을 발로 짓밟았다.

콰직!

"아악! 아아아악!"

"그리고 세상에는 절대 건드리면 안 되는 게 있다는 것도 기억해라."

"죽여 버린다! 죽여 버릴 거야!"

전율의 발이 주호성의 얼굴을 걷어찼다.

뻐억!

"컥!"

그의 코가 부러져 옆으로 꺾였다.

부러진 코에서 쌍코피가 터졌다.

얼굴은 입과 코에서 흘린 피로 칠갑이 되어버렸다.

"하지만 넌 그걸 건드렸다는 것도 기억해라, 좆같은 새끼
야!"

퍼퍼퍼퍼퍼퍼퍼퍼퍽!

전율의 발이 무자비하게 주호성을 짓밟고 걷어찼다.

"아악! 으아아악! 아아아!"

주호성은 몸을 웅크리고 비명을 질렀다.

얻어맞는 부위마다 뼈가 부러지거나 살이 터졌다. 옷은 갈
가리 찢어져 넝마가 되었다. 그 사이로 드러난 피부는 온통
피멍이 들었다.

전율은 주호성을 거의 죽일 듯이 밟아댔다.

주호성은 사지의 뼈가 모조리 부러졌다.

"끄으으으……."

반쯤 정신이 나가 신음도 제대로 흘리지 못했다.

이대로 어디 한 군데 잘못 맞기라도 하면 그냥 죽어버릴 것

같은 상태였다.

그러나 전율은 거기서 끝내지 않았다.

주호성의 머리채를 다시 휘어잡고 말했다.

"빌어봐. 살려달라고."

"끄으으… 좆… 까."

"그래?"

쫘악!

전율의 주호성의 뺨을 갈겼다.

"허억!"

주호성은 번개로 뺨을 얻어맞은 것 같은 충격에 정신이 번쩍 들었다.

쫘악! 쫙! 쫙! 쫙!

전율이 연달아 손을 휘둘렀다.

"끄어어… 어어……."

주호성이 신음을 흘리며 파르르 떨었다.

여태껏 태어나서 단 한 번도 누군가에게 뺨을 맞아본 적 없는 그다.

그런데 지금은 인정사정없이 얻어맞고 있다.

수치스럽고 분해서 눈물이 흘렀다.

"살려달라고, 개같이, 빌어."

"시, 싫어어……."

쫘악! 쫙! 쫙! 쫙! 쫙! 쫙!

"아아아악! 악! 그, 그만……!"

전율은 매서운 손을 멈추지 않은 채 말했다.

"그럼 빌어."

쫙쫙쫙쫙쫙!

"그, 그마안……!"

"빌어."

쫙!

"아악! 사, 살려주세요!"

그 말이 주호성의 입에서 나오는 순간 전율의 손이 딱 멎었다.

"사, 살려주세요. 크흐흑……. 한 번만 살려주세요. 흐윽!"

결국 전율은 누구에게도 고개 숙인 적 없는 주호성을 굴복시켰다.

"살길 원하냐?"

"네, 네……."

주호성은 시키지도 않은 존댓말까지 해가며 고개를 끄덕였다.

"살려는 줄게. 하지만."

콰직!

전율의 발이 주호성의 낭심을 강하게 밟았다.

"크아아악!"

주호성은 지옥을 넘나드는 듯한 고통에 눈을 부릅떴다.

"그건 평생 사용할 일이 없을 거다."

그는 더 이상 남자 역할을 못 하게 되었다.

"그리고 너보다 약한 사람을 함부로 대한 이 팔도."

전율이 이미 골절된 주호성의 오른팔을 잡았다.

"자, 잠깐만요!"

이어 자비 없이 뒤로 꺾었다.

두드득!

"아악!"

어깨뼈가 완전히 부러졌다.

그 상태에서 전율의 발이 부러진 어깨뼈를 힘껏 짓이겼다.

콰직!

"끄아악!"

"저항 못 하는 여자의 등을 밟은 다리도."

드드득!

이번엔 오른쪽 다리가 완전히 거꾸로 돌아갔다.

"아아아아악!"

"평생 사용 못 할 거다."

"끄흐으윽… 그만하세요… 제가… 제가 잘못했어요."

전율이 울고불고 사정하는 주호성의 목을 잡았다.

"생각 같아서는 아예 목을 비틀어 버리고 싶지만……"

그런데 그때, 소방관들이 달려들어 전율을 뜯어말렸다.

"그만하세요! 그만!"

전율은 소방관의 손을 뿌리쳤다.

그리고 스피릿의 네 가지 기운 중 최면의 기운을 흘려 주변으로 넓게 퍼뜨렸다.

최면이 그 자리에 모여든 소방관 여섯 명과 구급차에서 내린 병원 관계자 둘, 푹 퍼져 버린 주호성에게 스며들어 갔다. 그에 모든 이의 행동이 동시에 멎었다.

최면에 걸린 것이다.

마더는 최면에 대해 설명할 때 체질적으로 최면에 잘 걸리지 않는 사람도 있다고 했다.

운 좋게도 지금 이 자리에 있는 이들은 완벽히 최면 상태에 빠져들었다.

주호성 역시 멘탈은 강하지만 최면에 대한 내성은 없는 모양이었다.

지금 전율의 스피릿으로 한 사람에게 최면을 유지할 수 있는 한계는 5분.

총 아홉 명의 사람에게 최면을 걸었으니 대략 33초 정도밖에 최면의 힘을 유지할 수 없었다.

전율은 소방관과 병원 관계자들에게 주호성을 가리키며 빠르게 말했다.

"저기 저 녀석은 여러분이 도착했을 때 이미 엉망이 되어서 누워 있던 겁니다. 여러분은 제가 구타하는 걸 보지 못한 겁니다."

이번에는 한데 포개져 있는 전대국과 지우를 가리켰다.

"저 사람들도 보지 못한 겁니다."

전율의 시선이 이번엔 주호성에게 향했다.

"넌 오늘 네가 저지른 잘못과 나한테 죽도록 얻어터진 것만 기억해라. 내가 차를 날리고 번개를 쏘아 보낸 그 말도 안 되는 모든 현상들에 대해선 잊어버리는 거다. 어째서 차가 날아갔고 별장이 폭발했는지 기억이 나지 않는 거다."

상황을 정리하고 나니 남은 시간은 20초 남짓.

전율은 전대국과 지우를 양쪽 어깨에 한 사람씩 걸쳐 메고 빠르게 달려 자리를 피했다.

20초가 지났을 땐 250미터 정도 떨어져 있었다.

워낙 어두운 시골 동네라 그 정도만 거리를 벌려도 전율 일행의 모습이 보이지 않았다.

정신을 차린 소방관들은 얼른 화재 진압을 시작했다.

구급차에서 내린 병원 관계자들도 들것을 마련해 주호성에게 다가갔다.

주호성은 그 와중에도 다 죽어가는 목소리를 겨우 짜냈다.

"절대… 크흑… 이대로는… 흐으윽……."

하지만 말을 다 잇지도 못하고서 기절했다.

소방관들과 병원 관계자들은 전율 일행에 대해 전혀 기억을 못했다.

그날 밤의 사건은 그렇게 일단락되었다.

전율은 일단 전대국과 지우를 병원으로 데려갔다.

늦은 밤이라 둘 다 응급실에서 치료를 받았다.

지우는 링거를 맞고 얼마 지나지 않아 정신을 차렸다. 큰 외상이 없었으므로 입원 수속을 밟을 필요는 없었다.

문제는 전대국이었다.

엑스레이를 찍어보고 CT 검사까지 해본 결과 다행히도 뇌엔 이상이 없었다.

하지만 주호성에게 얻어맞은 턱뼈에 금이 가 3주 정도 입을 벌리지 못하게 고정한 상태로 지내야 했다.

당연히 일은 좀 쉬어야 했고, 음식물을 씹을 수 없으니 두유처럼 마시는 곡물 음료로 끼니를 때워야 했다.

하지만 전대국은 자신이 다쳤다는 것보다 일을 나가지 못해 돈을 못 번다는 사실에 더 절망했다.

하루하루 쉬지 않고 벌어도 은행 대출 이자를 갚기가 빠듯한데 3주를 쉬어야 한다니 절망적이었다.

전대국은 답답한 마음에 응급실 밖으로 나가 한숨만 푹푹 쉬어댔다.

전율은 그런 전대국을 안심시켜 주었다.

"걱정 마세요, 아버지. 이번 기회에 그냥 일하지 마시고 푹 쉬세요."

전대국이 그게 무슨 말이냐는 시선으로 전율을 바라봤다.

아직 철로 턱을 고정한 건 아니었지만, 말을 할 때마다 턱이 깨질 듯 아파 입을 벌리기가 힘들었다.

"실은 제가 남모르게 모아둔 돈이 있어요. 우리 가족, 앞으로 몇 년은 놀고먹어도 될 만큼 많아요. 그러니까 돈 때문에 걱정 안 하셔도 돼요."

그러자 전대국의 표정이 여러 번 변했다.

처음에는 놀랐다가 그 다음엔 의아함으로, 마지막엔 설마 하는 얼굴이 되었다.

전율은 그것만으로도 아버지의 의사를 파악할 수 있었다.

'그렇게 많은 돈이 있다고?'

'그런데 왜 여태껏 말 안 했냐? 그리고 그 돈은 어디서 났어?'

'너 못된 짓 하고 받은 돈은 아니겠지?'

전율은 차례대로 대답해 주었다.

"많이 놀라신 거 알아요. 제가 철이 없어서 돈을 꼬박꼬박

모아놓고도 가족들한테 말하지 못했어요. 독립해서 저 혼자 쓸 생각이었거든요. 그런데 그 돈, 다 가족을 위해 사용하기로 마음먹었어요. 이미 오래전부터 그렇게 생각했는데 섣불리 말 못 한 건 지금처럼 아버지나 어머니께서 나쁜 짓 해 모은 돈이 아니냐고 의심할까 봐 그랬어요."

전대국이 고개를 갸웃했다.

'그러니까 어떻게 모은 건데?'

"솔직하게 말할 테니 있는 그대로 믿어주셔야 합니다, 아버지."

전대국이 모로 꺾인 고개를 아래위로 끄덕였다.

"사실 스무 살 때부터 주식 투자를 해왔어요. 그런데 그게 계속해서 들어맞아 수익률이 커졌고, 지금 제 수중에 있는 돈이 5억가량 돼요."

그 말에 전대국이 입을 쩍 벌렸다가 찌릿한 고통에 턱을 움켜쥐었다.

"컥!"

"아버지, 괜찮으세요?"

"흐으으."

입으로는 신음을 흘리면서 괜찮다는 듯 손사래 치는 전대국이다.

"사실은 새 집부터 얻을 생각이었어요. 지금 사는 집이 너무 낡아서요. 한데… 이왕 말씀드린 거, 부탁 한 가지 드리고 싶어요."

그때 응급실에 혼자 있다가 답답해진 지우도 마침 응급실 밖으로 나왔다.

그녀는 이야기를 나누고 있는 전율과 전대국을 보고서 천천히 다가갔다.

전대국에게 인사라도 드릴 참이었다.

그가 전율의 아버지라는 것을 알게 되었는데도 경황이 없어 인사 한번 제대로 하지 못했기 때문이다.

거리가 가까워질수록 의도치 않게 전율의 음성이 들려왔다.

"제가 지금 가지고 있는 주식, 조금만 더 불려서 가지고 오면 안 될까요? 케이자동차에 1억을 넣어놨는데 나머지 4억도 전부 넣고 싶어요. 앞으로 두 달, 아니, 이제 한 달 열흘 후면 분명히 열 배 이상 가치가 뛸 거예요. 저 한 번도 주식해서 틀려본 적 없어요."

그 말에 전대국의 표정이 어두워졌다.

한데 그때 두 사람의 뒤에서 지우의 놀란 음성이 들려왔다.

"그, 그게 정말이야?!"

전대국과 전율이 동시에 뒤를 돌아봤다.

지우는 황급히 입을 가리고서 전대국에게 고개 숙여 인사를 건넸다.

"아, 안녕하세요, 아버님. 저… 율이 동창 지우라고 해요. 괜히 저 때문에 다치셔서 죄송하고… 감사해요."

그에 전대국이 미소 지으며 고개를 저었다.

전대국은 말을 할 수가 없어 그의 심정을 전율이 대신 전했다.

"너도 온몸 던져서 우리 아버지 막아줬잖아. 너 잠깐 화장실 갔을 때 내가 다 말씀드렸어."

"그, 그건 당연히 그렇게 해야 하는 거니까……."

"그래도 여자애가 심신이 성치 않은데 그렇게 하기 힘들지. 아버지께서 고마워하고 계셔."

"아, 저야말로 정말 감사해서 무슨 말씀을 드려야 할지… 아버님 아니었으면 무슨 짓을 당했을지 모르니까요."

전대국이 여전히 웃는 낯으로 손사래를 쳤다.

전율도 미소 띤 얼굴을 하고 지우에게 말했다.

"그리고 나도 고마워. 진심으로."

"…어?"

지우는 당황했다.

지금껏 전율의 미소를 본 적이 단 한 번도 없었다.

그런데 그가 자신을 향해 웃고 있다.

게다가 진심을 담아 고맙다는 말까지 했다.

하지만 더 큰일이 연이어 터졌다.

"다음번엔 내가 밥 살게. 보답으로. 집안 복잡한 일 다 끝나면 꼭 연락할게. 정말 고맙다, 지우야."

지우의 눈이 어떻게 더 할 수 없을 만큼 커졌다.

그녀가 자꾸만 올라가려는 입꼬리를 겨우 다스리며 어설프게나마 대답했다.

"으, 응… 아, 알았어. 나, 나 응급실에 들어가 있을게. 아버님, 그럼 조심히 들어가셔요. 아, 아니, 치료 조심해서 받으시고……"

"지우야, 집에 들어가려고?"

"응? 아니, 응급실에서 남은 링거 더 맞고……."

"근데 왜 헤어지는 사람처럼 인사를 해?"

지우는 지금 정신이 하나도 없었다.

케이자동차 주식이 분명히 오를 거라는 소식이 첫 번째로 뒤통수를 쾅 때렸다.

그녀의 아버지도 케이자동차 주식에 남은 재산을 모두 쏟아 넣었기 때문이다.

만약 전율의 말대로 주식의 가치가 열 배 이상 오르면 미래대부에서 진 빚도 전부 갚을 수 있었다.

두 번째로는 전율의 미소가 머리를 두들겼고, 밥 먹자는 이야기가 마지막 결정타로 그녀의 정신을 완전히 헝클어뜨렸다.

기쁨과 혼란 속에 지우의 혀가 마구 꼬였다.

"아니… 저, 그, 어… 드, 들어가 있을게요, 아버님. 곧 다시 뵐게요. 뵈, 뵙겠… 히잉."

지우는 결국 얼굴이 붉게 달아올라 어린애처럼 창피해하며 도망치듯 사라졌다.

그런 지우를 보는 전대국이 함박웃음을 머금었다.

그의 눈엔 지우가 퍽 귀여웠던 것이다.

전율은 지우를 바라보는 전대국의 표정에서 그 안에 담긴 감정을 읽을 수 있었다.

'기분 좋을 때 계속 밀고 나가자.'

전율은 아까 하던 얘기를 계속 이었다.

"아무튼 아버지, 5억, 원래 없던 돈이라 생각하시고 절 한 번만 더 믿어주시면 안 될까요?"

전대국은 잠시 고민했다.

5억이면 그가 진 빚을 거의 다 갚을 수 있을 정도의 금액이다.

물론 그러고 나면 다시 땡전 한 푼 없는 상황이 되겠으나 빚이 있는 것보단 훨씬 나을 것이다.

한데 그런 돈을 모두 주식에 넣었다가 사라져 버리면?

'어떻게 해야 하나.'

전대국의 마음에서 계속 갈등이 일었다.

하지만 전대국은 결국 아들을 믿기로 했다.

어차피 그 돈은 전율이 혼자서 번 돈이다. 말해주지 않았다면 있는지도 몰랐을 돈이다.

게다가 전율은 그것을 모두 가족을 위해 사용하겠노라고 말했다.

'이런 아들을 믿어주지 못한다면 그것은 아버지로서 실격이다.'

전대국은 전율의 머리를 천천히 쓸어내리며 고개를 끄덕였다.

전율을 바라보는 전대국의 눈엔 따스한 애정이 가득 담겨 있다.

전율은 자신의 머리에 전대국의 손길이 닿자 그대로 굳어버렸다.

대체 얼마 만인지, 아버지가 자신을 쓰다듬어 주는 게 몇십 년 만인지……

전대국의 자글자글한 눈가 주름엔 세월의 야속함이 그대로 박혀 있다.

갑자기 전율의 눈시울이 뜨거워졌다.

가족이라는 단어가 머릿속에서 끊임없이 떠올라 이리저리 돌아다녔다.

전율이 가까스로 눈물을 참아내고 있는 그때였다.

띠리리리리리링—

주머니에 넣어두었던 스마트폰에서 벨이 울렸다.

꺼내보니 전화를 건 이는 삼일물산 이진택 사장이었다.

"아버지, 전화 좀 받고 올게요."

전율은 전대국에게 양해를 구하고 멀리 떨어져 전화를 받았다.

"네, 이 사장님."

―그래, 율 군. 내가 곧 연락하겠다고 했지?

"이렇게 빨리 연락하실 줄은 몰랐습니다."

―하하하하! 좋은 일은 서둘러 진행하는 게 옳은 법이지. 혹시 내일 점심에 시간이 되나?

"네, 시간 됩니다."

―사실 내가 내일 점심에 영일유통 대표 주영일 사장이랑 만나기로 했는데 그때 같이 보지 않으면 이번 주에는 스케줄이 날 것 같지가 않아서 말일세. 자네만 불편하지 않다면 같이 밥 한 끼 하면서 얘기하는 게 어떻겠나?

"네, 좋습니다."

―하하하하! 역시 시원시원해! 그래, 그럼 내일 열한 시 이십 분까지 우리 사무실로 오게. 같이 식당으로 이동하도록 하지.

"그렇게 하겠습니다. 쉬십시오."

―좋은 밤 되게.

*   *   *

전대국의 소식을 듣게 된 가족들이 모두 병원으로 몰려왔다.

전대국은 글로써 다들 피곤할 텐데 뭐하러 이렇게 몰려왔냐는 뜻을 전했지만 얼굴은 웃고 있었다.

"아빠, 어쩌다가 다친 건데? 사고 난 거야? 누가 때렸어?"

소율이 펄쩍펄쩍 뛰었다.

전대국은 말을 할 수 없는 데다 그 긴 사연을 글로 다 적기가 힘들어 전율을 바라보았다.

"그래, 율아. 네가 말해보렴. 어떻게 된 거니?"

이유선의 얼굴엔 걱정이 가득했다.

"일단은 아버지 안정부터 찾고 천천히 말씀드릴게요."

"그게 낫겠구나."

이유선이 전대국의 손을 꼭 잡았다.

"당신, 돈 걱정 같은 건 하지 말고 몸 나을 것만 생각해요. 알았죠?"

전대국은 입이 근질거렸다.

내 아들한테 5억이 있다고 소리라도 지르고 싶었다.

하지만 전율은 전대국에게 '괜히 어머니 속 시끄러워질지도 모르니 5억 이야기는 주식에서 회수하기 전까지 얘기 말라'고 부탁해 둔 터였다.

해서 전대국은 그저 고개만 끄덕일 수밖에 없었다.

"어머니, 그리고 누나, 소율아, 아버지 일은 내가 알아서 해결할게."

"율이 너 혼자서?"

하율이가 걱정스러운 듯 물었다.

"응. 다들 해야 할 일 많은데 가장 한가한 내가 해결하는 게 맞을 것 같아. 그러니까 너무 걱정하지 마. 어머니도 시름 놓으세요. 아들 믿죠?"

전 같았다면 전율이 백번 천번 저런 말을 해도 도통 믿음이 가지 않았을 것이다.

하지만 지금은 전율의 얘기에 완벽한 믿음이 생겼다.

"그래, 율아. 네 아버지 이렇게 된 마당에 엄마까지 일 놓아 버리면 큰일이지. 네가 간호 좀 잘해드리고, 혹 일 진행하다가 엄마 도움이 필요하면 꼭 얘기하고."

이유선은 사건이 그렇게 큰 건 아닌 모양이라 생각했다.

가족들과 잠시 이야기를 나눈 전율은 뒤늦게 지우를 찾았다. 그런데 지우의 모습이 보이지 않았다.

간호사에게 물어보니 링거를 다 맞지도 않고 괜찮아졌다며 퇴원을 해버렸다는 것이다.

전율은 지우에게 연락을 하려 스마트폰을 꺼냈다.

그런데 마침 지우에게서 문자가 하나 왔다.

—율아, 나 도착했어. 오늘 고마웠어. 아버님께도 정말 죄송하고 고마웠다고 꼭 전해 드려. 아, 그리고 아까 경황이 없어서 말 못 했는데, 나 그 자식 차에 있던 블랙박스 메모리 카드 가지고 있어. 그 자식이 너희 아버님 폭행하는 사이에 몰래 빼 왔거든. 필요하면 얘기해. 바로 줄게. 어차피 다 같이 경찰서에서 한 번은 만나야 하잖아. 그럼 고생해, 율아.

지우 덕분에 주호성을 완전히 보내 버릴 기회를 잡게 되었다.

전율은 문자를 가만히 들여다보다가 답장을 보냈다.

—밥 꼭 사줄게. 맛있는 걸로. 내일 아침 어때?

영일유통 대표 주영일은 아침부터 기분이 좋지 않았다.

그의 아들 주호성이 간밤에 누군가에게 두들겨 맞아 반송장이 되어 입원했기 때문이다.

게다가 주영일이 자주 찾던 별장도 박살이 나버렸다.

새벽녘 겨우 정신을 차린 주호성은 간밤에 있던 일을 주영일에게 전부 털어놓았다.

하지만 그의 입에서 튀어나오는 말은 조금씩 조작이 되어 있었다.

지우라는 고등학교 동창생을 만났는데 여자애가 먼저 유혹하길래 별장까지 왔다.

그런데 대리기사가 차를 막 다루고 언행을 거칠게 해서 시비가 붙었다. 그에 몇 마디 했는데 마침 대리기사 아들한테 전화가 걸려왔고, 대리기사는 아들놈한테 여기로 좀 오라고 했다.

찾아온 아들놈이 아주 깡패 같았다.

이유도 없이 다짜고짜 날 때렸다.

집이랑 차가 왜 그렇게 됐는지는 기억나지 않지만 아마 그것도 그 아들놈 소행일 것이다.

이름이 전율이라고 했다.

꼭 그 빌어먹을 새끼 집안을 완전히 짓밟아달라.

주호성은 눈물까지 흘려대며 단 한 번의 막힘도 없이 거짓말을 했다.

어찌 되었든 주영일은 애비 되는 입장에서 이런 얘기를 들었으니 속이 터질 수밖에 없었다.

게다가 자식이 성불구가 되었고 신체적인 장애도 갖게 되었다.

오늘 하루는 아무 일도 하지 않고 당장 전율인가 뭔가 하는 놈을 잡아 죽이고 싶었다.

아니, 전율뿐만이 아니라 그놈의 가족 전부를 짓밟아놔야 속이 풀릴 것 같았다.

그러나 공과 사는 확실히 구분해야 했다.

오늘은 점심에 중요한 분과 미팅이 있는 날이었다.

영일유통이 지금의 자리까지 올 수 있던 건 모두 그 중요한 분, 이진택 사장의 도움이 있었기 때문이다.

이진택 사장은 영일유통의 가장 든든한 파트너인 한편, 수틀려서 손을 놓아버리면 영일유통을 땅 끝까지 추락하게도 만들 수 있는 인물이었다.

그러니 이진택 사장과의 약속은 결코 어겨선 안 되었다.

주영일은 오전 내내 마음을 다스리는 데 주력했다. 그리고 11시가 좀 지나서 사무실을 나섰다.

*   *   *

11시 55분.

주영일은 약속 장소인 일정식집에 도착했다.

직원이 주영일의 얼굴을 보자마자 미소로 인사를 건넸다. 그리고는 바로 2번 방으로 안내해 주었다.

주영일은 신발을 벗고 미닫이문을 열었다.

그러자 안에서 반가운 얼굴이 그를 반겨주었다.

"어, 주 사장 왔나?"

그는 삼일물산 사장 이진택이었다.

"네, 이 사장님! 제가 더 일찍 와서 기다렸어야 하는 건데."

"아니야. 괜찮아. 오늘은 말동무가 있어서 심심하진 않았다네."

"말동무요?"

그러고 보니 이 사장의 맞은편에 낯선 청년 하나가 앉아 있다. 바로 전율이었다.

주영일이 방으로 들어서서 문을 탁 닫으며 물었다.

"이분은 누구신지……?"

"아, 내가 전에 한번 얘기한 적 있잖나? 내 건강 지켜주는 훌륭한 청년이 한 명 있다고 말이야."

"아아! 들었던 기억이 납니다. 어찌나 이 사장님께서 입에 침이 마르도록 칭찬하던지 질투 날 뻔했죠."

"이 사람이, 질투는 무슨! 자네와 나야 일하자고 뭉친 파트너지만 내가 내 건강 챙겨주는 사람을 더 좋아한다는 건 잘 알고 있잖은가?"

"그럼 여기 계신 분도 제가 극진히 모셔야겠네요."

"오늘 자네랑 점심 약속 잡힌 김에 겸사겸사 같이 불렀네.

사업 얘기도 할 게 있고 해서 말이야. 불편한가?"

"전혀요. 불편할 게 뭐 있습니까?"

주영일이 전율에게 눈인사를 건네고서 자리에 앉았다.

"자자, 두 사람 인사하게. 이쪽은……."

이진택이 주영일과 전율을 서로 소개시켜 주려 하다가 고개를 갸웃거렸다.

"근데 주 사장, 안색이 안 좋은데 무슨 일 있나?"

"하, 그게 실은 우리 아들놈이 어제 봉변을 좀 당해서 말입니다. 지금 꼴이 말이 아닙니다. 중환자실에서 치료 중에 있습니다."

"뭐? 중환자실? 아니, 어쩌다가?"

"그게 어젯밤에 술 한잔 걸치고서 대리를 불렀다더군요. 그런데 이 대리기사가 차를 험하게 모는 건 기본이고 언행도 아주 거칠더랍니다."

"허허, 그러면 안 되지. 그래서?"

"그래서 몇 마디 했더니 대리기사가 되레 화를 내더랍니다. 그러더니 자기 아들을 불러 마구 폭행을 했다 하네요."

그 말을 듣고 있던 전율의 미간이 살짝 구겨졌다.

'설마……?'

전율이 주영일의 이야기에 귀를 기울였다.

이건 피해자와 가해자가 바뀌었을 뿐 누가 들어도 어젯밤 전율이 겪은 사건이었다.

게다가 이 사장은 그를 주 사장이라고 불렀다.

지우에게 듣기로 어제 전율이 흠씬 두들겨 놓은 녀석의 이름이 주호성이라고 했다.

두 사람의 성이 똑같았다.

"허허, 아니 무슨 그런 경우 없는 사람이 다 있단 말인가?"

"모르겠습니다, 저도. 세상이 미쳐 돌아가는 건지. 이번 일은 절대 그냥 넘어갈 생각이 없습니다. 지금도 병실에 누워 있는 아들놈 생각하면 가슴이 아주 찢어집니다. 이런 말씀 드리긴 그렇지만, 병원에서 말하길 평생… 성불구에 앞으로 오른쪽 팔다리를 사용하기 힘들 거라고 하더군요."

전율은 확신했다.

'주호성의 아비다.'

"그 대리기사인지 뭔지 망할 놈의 인간, 아주 밟아놓을 생각입니다. 아, 죄송합니다. 제가 이 사장님 앞에서."

"아니야. 괜찮아. 나 같아도 내 아들이 이유 없이 억울하게 맞았다면 화가 나지. 한데… 정말로 대리기사가 먼저 잘못한 게 맞는가?"

"네? 아니, 그럼 제가 거짓말을 하겠습니까?"

"자네가 아니라 자네 아들이 거짓말을 하는 것일 수도 있잖은가."

이진택은 주호성의 성정을 아주 잘 알고 있었다.

그래서 이번에도 주호성이 먼저 잘못한 게 아닌지 의심이
들었다. 하지만 주영일은 절대 그런 게 아니라며 완강하게 말
했다.

결국 이진택은 한발 물러서기로 했다.

"그렇다면 제대로 일을 마무리 지어야지. 내 조만간 시간
내서 자네 아들 문병이라도 가야겠군."

"정말 감사드립니다, 이 사장님. 그 바쁜 와중에 제 아들놈
을 위해서 시간을 다 내주시겠다니……."

그때 잠자코 이야기를 듣던 전율이 끼어들었다.

"사장님, 이제 소개 좀 시켜주시죠."

그러자 이진택이 아차차 하며 두 사람을 서로에게 소개했
다.

"인사하게. 이쪽은 영일유통 대표이자 내 사업 파트너인 주
영일 사장."

주영일이 명함을 꺼내서 내밀었다.

전율이 그것을 넘겨받으니 이진택이 다시 입을 열었다.

"그리고 이쪽은 오늘부로 내 사업 파트너가 될 보기 드문
멋진 청년 전율이라고 한다네."

이진택 사장의 입이 닫히자 주영일이 버릇처럼 말했다.

"처음 뵙겠습니다. 영일유통 대표 주영일이라고 합… 잠깐

만. 지금 이름이 전율이라고……?"

"네, 그렇습니다만."

이진택과 주영일 사이에 오간 대화 몇 번으로 그들의 관계를 파악한 전율은 속으로 회심의 미소를 지었다.

일이 풀리려니까 이런 식으로 풀리게 될 줄이야!

전율은 주영일에게 손을 내밀었다.

"잘 부탁드립니다."

그는 주영일을, 아니, 영일유통을 아예 땅속까지 추락시키기로 마음먹었다.

주영일은 전율이 내민 손을 선뜻 맞잡지 못하고 멍하니 바라봤다.

그러자 이진택이 그런 그를 나무랐다.

"주 사장, 뭐하나?"

"잠시만요, 이 사장님. 내가 이 청년에게 물어볼 게 좀 있어서요. 설마하니 아니겠지만… 그래요, 그냥 이름만 같은 거겠죠. 내 아들을 초주검으로 만든 사람의 이름이 전율이라고 하던데… 이건 우연이겠죠?"

전율이 고개를 저었다.

"그게 저 맞습니다. 하지만 그 새끼를 때린 적은 없습니다."

전율은 당시 최면을 이용해 주호성을 제외한 다른 모든 이의 기억을 조작했다.

그래서 전율이 주호성을 구타한 건 주호성 본인의 기억 속에만 있는 일이 되었다. 때문에 그렇게 말한 것이다.

주영일이 무서운 얼굴로 전율이 내민 손을 탁 쳤다. 그러고는 그의 멱살을 움켜쥐었다.

"이 건방진 새끼! 네가 감히 내 아들을 그 꼴로 만들어!"

갑작스런 소동에 이진택이 버럭 호통을 쳤다.

"두 사람, 지금 뭐하는 건가!"

주영일은 이진택의 눈치를 보며 겨우 화를 삭였다.

그가 전율의 멱을 놓고 뒤로 물러나려 했다. 그런데 그때였다. 전율이 되레 주영일의 멱을 잡아챘다. 그러더니 뺨을 올려붙였다.

짜악!

"어억!"

"율 군! 이게 무슨 짓이야!"

쾅!

이진택이 고함을 지르며 테이블을 내리쳤다.

"자네, 나랑 영영 보지 않을 셈인가!"

이진택이 협박성 말을 뱉었다. 하지만 전율은 눈 하나 깜빡하지 않았다.

"이 사장님, 지금 저 말리시면 제가 두 번 다시 사장님 안 봅니다."

"자네 대체 왜 이러나?"

"저는 주 사장 아들이 우리 아버지한테 한 짓을 그대로 되갚아주는 중입니다."

"뭐, 뭐……?"

이진택이 흡뜬 눈으로 주영일을 바라봤다.

주영일은 얼얼한 뺨을 한 손으로 짓누른 채 고개를 저었다.

"아닙니다! 거짓말입니다, 이 사장님! 이놈이 아무 잘못도 없는 제 아들을 폭행했단 말입니다!"

이진택은 누구의 말이 맞는 건지 혼란스러웠다.

전율은 그런 이진택에게 말했다.

"사장님, 저는 일단 사장님 앞이든 나발이든 좀 더 때려야겠습니다. 주 사장을 믿으려면 믿으세요. 전 제가 알고 있는 진실을 남에게 강요할 생각도, 믿어달라고 구걸할 생각도 없습니다."

짜악!

말을 끝난 전율이 주영일의 뺨을 한 대 더 쳤다.

"이익! 이 어린놈의 새끼가!"

주영일이 주먹을 말아 쥐고 전율을 때리려 했다. 그 순간 전율의 손이 전보다 빠르게 날아들었다.

짝짝짝짝짝!

"아악!"

주영일의 뺨이 부어오르며 입에서 피가 튀어나왔다. 쌍코피가 터져 옷 앞섶을 적셨다.

"율 군!"

이진택이 기어이 전율에게 다가와 그를 뜯어말렸다.

"이거 놓으십시오!"

"진정하게. 일단 내가 상황의 진위를 먼저 좀 파악해야겠네. 누가 거짓말을 하는 건지 확실히 알아야겠다 이 말이야!"

"왜 그래야 합니까?"

"둘 다 내겐 소중한 사람일세. 그리고 계속 함께하고 싶은 사람이기도 하지. 한데 그런 두 사람이 서로 거짓말을 한다며 이렇게 싸워대니 마음이 편하겠는가? 그래서 어쩔 수 없이 내가 개입해야겠네."

전율이 원한 게 이진택의 이런 반응이었다.

그는 어떻게든 이진택을 이 상황에 끌어들이기 위해 일부러 더 격하게 행동한 것이다.

"그래서 만약 주 사장이 거짓말을 한 것이라면 어쩌시겠습니까? 인연이라도 끊겠습니까? 그게 아니라면 전 여기서 멈추지 못하겠습니다. 이 사장님께서 절 믿지 않으셔도 됩니다. 그래서 인연을 끊어도 상관없습니다. 전 더 패줘야 속이 풀리겠습니다."

전율이 주먹을 말아 쥐고 힘껏 내려치려 했다.

이진택이 그런 전율의 팔을 탁 낚아채며 말했다.

"그래, 인연을 끊겠어! 감히 내 앞에서 못된 거짓말을 한 고약한 인간과 어찌 손잡고 함께할 수 있겠나!"

전율은 속으로 쾌재를 불렀다. 그러고는 못 이기는 척 주먹을 풀고 주영일의 멱을 놓았다.

"…그렇게까지 말씀하신다면 알겠습니다. 이 사장님 말씀에 따르겠습니다."

"그래, 그래야지."

그에 주영일이 벌떡 일어나 억울함이 가득 담긴 음성으로 이진택에게 호소했다.

"이 사장님! 저, 저 어린놈이 절 구타했습니다! 제 아들놈을 그 지경으로 만들어놓은 것도 모자라 이게 대체 무슨 짓이란 말입니까! 당장 고소하겠습니다! 이대로는 못 넘어갑니다!"

"주 사장, 만약 자네 아들이 거짓을 말하고 있는 거라면 내가 율 군 입장이라 해도 똑같이 행동했을 걸세. 내 아버지를 새파랗게 어린놈이 구타했는데 눈에 뵈는 게 뭐가 있겠나? 그놈을 반쯤 죽여놓는 건 물론이요 그 가족까지 깡그리 족치고 싶은 게 당연하지 않겠나?"

"이 사장님, 그건 말이 너무 심하신 것 같습니다."

"그 대상을 자네 가족이라 두지 말고 반대로 생각해 보란 말이네. 자네라면 가만히 있을 수 있겠느냔 말이야. 지금도 자네 아들이 이유 없이 구타당했다고 펄펄 뛰고 있지 않은가!"

"…그렇습니다."

"율 군!"

"네."

"자네의 말이 거짓이라면 난 주 사장의 편에 서서 자네가 응당한 법의 심판을 받도록 온 힘을 다할 걸세. 그래도 괜찮은가?"

"죄를 지었으면 벌을 받아야지요."

"좋아, 그럼 두 사람 다 내게 말해보게. 서로의 말이 진실이라는 걸 어떻게 증명할 텐가?"

그러자 주영일이 억울하다는 듯 가슴을 탕탕 쳤다.

"이 사장님! 저 주영일입니다! 이 사장님과 몇 년 동안 함께 손잡고서 일한 주영일이라구요! 이럴 땐 당연히 제 말을 믿어주셔야 하는 것 아닙니까?"

"뭐야?!"

이진택이 무서운 얼굴로 소리쳤다.

그가 서릿발 가득한 시선으로 주영일을 쏘아봤다.

"자네 뭔가 착각하는 것 같은데, 이 사람 저 사람에게 사기나 쳐 먹고 돌아다니다 징역까지 살다 나온 쓰레기를 내가 거둬들여 여기까지 키워놓은 거야! 내가 자네한테 본 건 장사 수완 그거 하나였어! 아니, 하나 더 있었지! 밥 주는 주인은 물지 않을 거라는 믿음! 그런데 지금 나한테 감히 이를 드러내는 거야?!"

이진택의 말에 주영일이 입을 다물었다.

그가 시선을 아래로 떨구며 무릎을 꿇었다.

"죄, 죄송합니다, 이 사장님!"

"내가 자네를 소중하다 말해주고 인간적으로 대우해 줄 때 알아서 처신 잘하도록 해!"

"며, 명심하겠습니다!"

이걸로 두 사람의 관계가 더더욱 명확해졌다.

주영일의 목숨 줄은 이진택의 손아귀에 놓여 있었다.

여전히 주영일을 죽일 듯 노려보는 이진택에게 전율이 말했다.

"사장님, 저는 이 자리에서 당장 제 말이 진실임을 증명해 보일 수 있습니다."

그러자 주영일과 이진택이 동시에 전율을 바라봤다.

"이 자리에서 증명해 보일 수 있다? 정말인가?"

"네."

"그럼 해보게!"

그 말에 전율이 주머니에서 메모리 카드를 꺼내 건넸다.

"이게 뭔가?"

이진택이 고개를 모로 꺾었다.

"주호성의 차에 달려 있던 블랙박스 메모리 카드입니다. 그 안에 당시의 영상이 그대로 담겨 있을 겁니다."

전율은 아침에 지우를 만나 식사를 하며 메모리 카드를 넘겨받았다.

그 안에 담겨 있는 내용에 대해서는 지우를 통해 대충 들었다.

그녀가 전율에게 거짓을 말할 리는 없으니 아마 팔십 퍼센트 이상 들어맞을 터였다.

"이 메모리 카드를 어떻게 구했는가?"

"일단 어제의 상황에 대해서 제가 간략히 설명드리겠습니다."

전율은 주호성이 지우에게 접근해 술을 먹이고 못된 짓을 하려 한 것과 그걸 말리던 대리기사, 즉 자신의 아버지를 주호성이 때린 사실을 얘기했다.

자신이 우연히 아버지에게 전화를 했을 때, 신고를 하라는 다급한 음성에 찾아갔더니 아버지는 이미 기절해 있었고 지우가 그런 아버지를 감싸고 있었다는 것,

그리고 그전까지는 몰랐지만 현장에 가고 나서 보니 주호성이 못된 짓을 하려 한 지우가 아는 동창이었다는 것까지 설명했다.

"메모리 카드는 주호성이 아버지를 구타하는 사이 지우가

차 안에서 빼낸 겁니다. 그걸 오늘 아침 제가 넘겨받았습니다."

"자네 말이 사실이라면 이 카드 속에 담긴 영상도 그와 일치하겠구만."

"그렇습니다."

전율이 확신에 차 대답하자 주영일의 얼굴에 불안함이 어렸다.

'지, 진짜 호성이 차에서 뺀 메모리 카든가?'

주영일은 주호성의 말을 믿고 있었다.

물론 자신의 아들이 사고를 많이 치고 다녔다는 건 알고 있다. 하나 엉망진창이 된 아들의 얘기를 어찌 믿지 않을 수 있겠는가?

그런데 전율이 저렇게 나오니 점점 믿음이 흔들렸다.

"그럼 당장 확인해 보도록 하지."

이진택이 어딘가로 전화를 걸었다.

"어, 난데, 내 사무실에 있는 노트북 좀 가지고 와."

전화가 끝난 후 10분도 되지 않아 검은 양복을 입은 사내가 노트북 하나를 가지고 들어왔다.

이진택이 메모리 카드를 노트북에 꽂고 어젯밤의 영상을 플레이시켰다.

모두의 시선이 블랙박스에 담긴 영상으로 향했다.

가장 긴장을 한 사람은 당연히 주영일이었다.

"이제 진실이 가려지겠지."

이진택의 말을 끝으로 사위가 조용해지고 노트북에서 나오는 소리만 크게 퍼졌다.

" 대리 부르셨죠?"

" 네, 맞아요. 얼른 타세요."

" 어이, 아저씨! 대리기사가 내비 켜야 찾아가요?"

" 아, 하하! 죄송합니다. 편안하게 모시겠습니다."

" 됐고, 내릴 때 지문 쓱쓱 지우세요."

영상의 초장부터 주호성의 싸가지 없는 말투가 흘러나왔다.

이진택이 미간을 와락 구겼다. 주영일은 그런 이진택의 안색을 살피며 안절부절못했다.

영상은 계속해서 이어졌고, 지우의 신음 소리가 들려왔다.

" 으… 으으… 우우……."

그러는 사이 차는 방동리 주영일의 별장 앞에 도착했다.

" 시, 싫어… 우리 집… 집으로……."

"왜 그래, 지우야. 술 많이 취했네. 오늘 나랑 여기서 자기로 했잖아? 연인 사이에 누가 보면 오해하겠다. 그렇죠, 아저씨? 지우야, 얼른 내리자. 응?"

"싫어… 싫다고. 집에… 집에 가야 돼."

동영상이 진행될수록 이진택의 얼굴은 분노로 일그러졌다.

영상 속에서는 전대국이 더 못 참고 둘 사이에 끼어드는 음성이 들려왔다.

"손님, 아무리 봐도 그 여자분, 애인이 아닌 것 같은데요."

"애인 맞는지 아닌지 그걸 아저씨가 어떻게 알아? 아니, 그것보다 당신이 무슨 상관이야? 일 크게 만들지 말고 그냥 가세요, 좀."

"그냥 갈 수가 없겠는데."

"아이, 씨팔! 기분 좆같이 만들지 말고 꺼지라고!"

"어린 사람이 영 못된 것만 배웠구만. 아무리 내가 그쪽을 손님으로 태우고 왔지만 그게 어른한테 할 소린가?"

"하, 나 진짜… 별게 다 깝치네. 너 죽을래?"

"더 하겠다면 신고할 테니 그리 알아!"

"신고? 크큭, 해봐."

이후 동영상엔 전대국이 차 전방으로 걸어와 스마트폰을

꺼내는 모습과 그런 전대국을 발로 걷어차는 주호성의 모습이 흘러나왔다.

거기서 끝이 아니었다.

주호성은 전대국의 뺨을 때리고 크게 소리쳤다.

"아저씨, 그러게 왜 낄 데 안 낄 데 구분을 못 하고 설쳐? 그냥 조용히 갔으면 아무 일 없었잖아. 뭐? 어린 사람이 어른한테 할 소리냐고? 씨팔, 너 어린 사람한테 한 번도 맞아본 적 없지? 오늘 한번 제대로 맞아봐!"

그때 차 안에서 스마트폰 잠금을 해제하는 소리가 들렸다.

주호성이 뒤돌아서더니 차로 다가왔다.

"하하하! 진짜 연놈들이 쌍으로 지랄을 떠네!"

"너… 원래 이런 새끼였니?"

"그래, 나 원래 이런 새끼였어. 놀랐지? 서프라이즈!"

"이런 짓 하고도 네가 아무 일 없을 것 같아?"

"이런 짓 어떤 짓? 아~ 대리기사 패고 너 따먹으려고 한 거? 괜찮아. 늘 이렇게 살았는데 여태까지 아무 문제 없었거든."

이진택은 거기서 동영상을 멈췄다.

그러고는 주영일을 무섭게 노려보며 말했다.

"여기서 더 보면… 내가 자네를 어떻게 할지 모르겠군."

"사, 사장님! 그, 그게 아니라!"

"그게 아니라니? 뭐가 아니란 말인가? 여기 이렇게 명백한 증거가 있는데!"

주영일은 입이 열 개라도 할 말이 없었다.

주호성의 거짓말이 만천하에 드러나는 순간이었다.

부정할 수 없는 증거가 눈앞에 있으니 아무리 머리를 굴려도 발뺌하는 건 무리였다.

"지금까지 자네 아들이 개차반 짓거리를 해왔어도 그냥 넘어갔네. 아직 치기 어린 나이이니 그러겠거니 생각했지. 게다가 나와 관계된 사람이 직접 다친 건 아니었으니까. 한데 자네 아들은 내 소중한 지인의 아버지를 폭행했네."

"사, 사장님! 그럼 저는 사장님께 소중한 사람이 아닙니까? 제 아들놈은요? 저 녀석이 제 아들을 엉망으로 두들겨 팼단 말입니다!"

"증거를 가지고 오란 말이야!"

쾅!

이진택이 테이블이 부서져라 내려쳤다.

주영일을 바라보는 이진택의 눈이 이글거리며 타올랐다.

그 모습이 마치 성난 호랑이와 같았다.

주영일은 도무지 그 증거라는 것을 가져올 방법이 떠오르지 않았다.

그는 오로지 아들의 얘기만을 믿었을 뿐이다.

전율이 주호성을 구타했다는 증거는 어디에도 존재치 않았다.

고민을 하던 주영일이 냅다 전율의 손을 잡아챘다.

'이 녀석이 호성이를 그 지경으로 두들겨 팼다면 분명 주먹에 작은 상처라도 하나 생겼을 테지.'

전율은 주영일이 하는 대로 큰 반항 없이 가만히 있었다.

그가 무엇을 하려는 건지 알고 있고 그 행동이 스스로를 더욱 깊은 나락에 처박게 될 것이기 때문이다.

주영일은 전율의 손을 살폈다.

그런데 작은 생채기는커녕 어디 까진 곳 하나 없이 깨끗했다.

"어… 이럴 리가……."

전율이 그런 주영일에게 물었다.

"왜요? 제 손이 너무 깨끗해서 당황했습니까? 아들을 구타한 게 끝까지 저라고 생각하신 겁니까?"

"주영일!"

이진택이 주영일의 이름을 불렀다.

그건 한마디로 더 이상 주영일을 주 사장으로 대접하지 않겠다는 말과 같았다.

이진택은 주영일의 파렴치함에 치가 떨려 화가 머리끝까지 올랐다.

"사, 사장님!"

"네가 감히 끝까지 날 농락해!"

"그, 그게 아닙니다, 사장님!"

주영일이 넙죽 엎드려 바닥에 고개를 조아렸다.

주영일이 대표로 있는 영일유통은 삼일물산의 조력이 없으면 당장 힘들어진다.

물론 다른 회사와 계약을 맺으면 지금처럼은 아니더라도 충분히 살 만은 할 것이다.

하나 이진택은 필시 다른 회사들에게도 영일유통과 절대 계약하지고 말라 엄포를 놓을 게 분명했다.

주영일이, 아니, 그의 가족이 살기 위해서는 자존심 다 버리고 어떻게든 잘못을 비는 방법밖에 없었다.

"사, 살려주십시오! 제가 아들놈을 멍청하게 키웠습니다! 제가 잘못했습니다!"

그러자 이진택이 주영일에게 으르렁거리듯 말했다.

"이미 엎질러진 물을 다시 주워 담을 수 있던가?"

"사, 사장님!"

주영일은 이진택의 바짓가랑이를 잡고 매달렸다.

"제발 저 한 번만 봐주십시오! 내가 이 멍청한 아들놈 다리

몽둥이를 분질러서라도 확실히 버릇을 고쳐 놓겠습니다!"

이진택이 주영일을 한동안 말없이 바라보았다.

주영일에겐 그 침묵의 시간이 지옥과도 같았다.

그의 한마디에 영일유통의 생사가 달려 있다.

"주영일이."

드디어 이진택의 입이 열렸다.

"네, 네, 사장님!"

주영일이 전보다 더 고개를 조아렸다.

"빌려준 돈에도 이자가 붙는 법인데 잘못을 저지르면 더한 이자가 붙어 되돌아온다는 걸 몰랐는가?"

"사장님……!"

"자네 아들은 명백히 갑질을 했네! 지금까지도 그래왔고 앞으로도 영일유통이 승승장구하는 한 계속해서 그러겠지! 그리고 그건 아들의 잘못을 뒤에서 봐주는 아비가 있었기 때문이고! 그것 역시 명백한 갑질이네!"

"그, 그런 게 아니라……!"

"갑질을 하니 어떻던가? 기분 좋던가? 당하는 사람의 입장은 생각해 봤는가? 못 해봤겠지. 내가 지금부터 자네한테 갑질을 할 테니 한번 당해보게. 오늘 이 시간부로!"

주영일이 조아리고 있던 고개를 들었다.

이진택은 그를 무섭게 쏘아보고 있었다.

주영일의 눈에 간절함이 가득 담겼다.

제발 한 번만 용서를 베풀어주기를 바라고 있었다.

그러나,

"삼일물산은 영일유통사와 거래를 끊겠네!"

이진택은 사형선고를 내렸다.

"사, 사장니이이임!"

주영일은 머리를 절레절레 흔들며 오열했다.

"이러시면 안 됩니다! 이럴 수는 없습니다! 제가 어떻게 하면 좋겠습니까? 호성이와 부자의 연을 끊으라면 끊겠습니다! 지옥 불에 들어가라면 가겠습니다! 제발 저를 살려주십시오!"

"앞으로는 알아서 살아가게. 내 자네에 대한 마지막 호의로 다른 회사와의 계약까진 막지 않을 터이니."

그것은 그나마 영일유통이 살 수 있는 숨통을 틔워주는 것이다.

"단, 자네와 자네 아들이 율 군의 가족에게 진심 어린 사과를 하고 매스컴을 통해 이번 사건을 공론화시킨 후 전 국민에게 사과한다는 조건으로 그리해 주겠네. 어쩌겠는가?"

주영일이 눈물을 주룩주룩 흘렸다.

그건 주영일에게 너무나 가혹한 일이었다.

개인적인 사과는 얼마든지 할 수 있었다.

하지만 이번 사건을 공론화시키면 영일유통의 이미지가 바닥까지 추락할 것이고, 새로운 회사와의 계약도 힘들어질 게 분명했다.

괜히 전 국민의 미움을 받는 영일유통과 손을 잡았다가 덩달아 이미지가 나빠질 수 있으니 말이다.

그러나 주영일은 고개를 끄덕일 수밖에 없었다.

"알겠습니다. 그렇게 하겠습니다."

주영일에게는 지금 그게 최선이었다.

이를 거절했다간 더 쓴 벌주를 마셔야 할 것이다.

"율 군."

"네, 사장님."

"이 정도의 처사면 만족하겠는가?"

사실 완전히 만족할 정도는 아니었다.

전율의 성정상 기업이 망하는 건 망하는 것이고 주영일도, 주호성도 좀 더 때려줘야 속이 확 풀릴 것 같았다.

하지만 이쯤에서 사건을 마무리 짓기로 했다.

"네, 만족합니다."

"그럼 정리하도록 하지. 주 사장, 조만간 연락하겠네."

이진택 사장과 전율이 밖으로 나가자 방에 혼자 남은 주영일은 서러움의 눈물을 한참 동안 흘렸다.

Chapter 20.
연계의 던전

2009년 4월 5일 일요일.

한국은 영일유통의 대국민 사과로 인해 매스컴이 온종일 떠들썩했다.

영일유통의 주영일 사장은 전대국 일가와 있던 불미스러운 사고에 대해 낱낱이 고백하며 사죄를 구했다.

그는 자신을 취재하러 온 수많은 기자 앞에서 사과문을 읽고 깊이 머리를 조아렸다.

삼일물산과 손을 잡고 승승장구하던 기업의 대표가 아직 수면 위로 부상하지도 않은 이런 사건에 대해 직접 시인하고 사죄를 하는 건 이례적인 일이었다.

대국민 사과를 진행한 이후 주영일 사장은 전대국이 입원한 병원으로 휠체어를 탄 주호성과 함께 찾아왔다.

물론 수많은 기자가 그를 따라 함께 이동했다.

이왕 사과를 해야 하는 거, 위기를 기회로 만들자고 마음먹은 주영일이었다.

그가 원하는 건 아들의 잘못을 권력과 금전의 힘으로 덮으려 하지 않고 만천하에 공개해 청렴한 기업인의 이미지를 국민들에게 각인시키는 것이었다.

주영일이 몸이 불편한 주호성을 대신해 기자들의 플래시 세례를 받으며 전대국 앞에 넙죽 엎드렸다.

그는 눈물까지 펑펑 흘려가며 잘못을 빌었다.

전대국은 이런 상황이 모두 쇼같이 느껴져서 그다지 달갑지 않았다.

그저 불편할 뿐이었다.

그래서 대충 사과를 받아주는 척했다.

그들이 빨리 돌아가길 원했기 때문이다.

주영일은 미리 준비해 온 과일 바구니를 건네며 모든 치료비를 부담하는 건 기본이요 위로금까지 드릴 테니 마음의 상처가 조금이라도 치유되길 바란다고 했다.

아울러 아들놈의 죗값은 법의 심판대로 확실히 치르게 할 것이란 약조까지 했다.

주호성도 풀이 팍 죽어 순한 양 같은 눈으로 전대국에게 연신 사죄하며 자신에게 내려지는 모든 판결을 달게 받겠다고 말했다.

주영일과 주호성은 전대국의 병실을 나와 바로 경찰서로 향했다.

자수를 하기 위해서였다.

전율과 지우도 사건과 관련해 서를 방문해야 했다.

주영일은 이번 재판에 조금의 개입도 하지 않을 생각이었다.

영일유통이 살아남기 위해서는 아들의 희생이 절대적으로 필요했다.

때문에 괜히 판사, 변호사들과 내통해 죗값을 가볍게 처리했다간 이미지만 더 나빠질 테니 그런 생각을 애초에 접었다.

매스컴에서는 주영일과 주호성의 기사를 뿌려대기 바빴다.

네티즌들은 그저 사건을 묻기에만 급급한 다른 회사들과 다르다며 영일유통을 옹호하는 분위기였다.

그런데 바로 그날 저녁,

인터넷에 동영상 하나가 떠돌기 시작했다.

바로 주호성의 블랙박스 동영상이었다.

그 동영상에는 주호성이 전대국을 폭행하는 장면과 지우에게 한 폭언이 고스란히 담겨 있었다.

동영상을 본 네티즌들의 반응은 당연히 싸늘했다.

특히 주호성이 내뱉은 한마디 말이 가장 문제가 되었다.

'이런 짓? 어떤 짓? 아~ 대리기사 패고 너 따먹으려고 한 거? 괜찮아. 늘 이렇게 살았는데 여태까지 아무 문제 없었거든.'

네티즌들은 너무나 당연한 듯 폭력과 폭언을 일삼고도 죄책감을 느끼지 못하는 주호성의 태도에 분노했다.

동영상은 여기저기 공유되며 몇 시간 만에 조회 수가 삼백만을 넘어갔다.

너도나도 동영상을 자신의 SNS에 올렸다.

대국민 사과로 인해 호감이 되었던 영일유통의 이미지가 다시 바닥으로 처박혔다.

영일유통은 동영상을 얼른 내려달라 요청했다.

하지만 원본 동영상이 유출된 루트를 막아도 이미 네티즌들에 의해 다른 루트로도 동영상이 퍼진 상황이었다.

완벽하게 동영상을 막는 건 불가능했고, 그러는 사이 동영상을 접하게 되는 이는 점점 더 많아졌다.

각 포털사이트에선 영일유통에 관련된 검색어가 전부 상위권에 랭크되어 있었다.

영일유통, 주영일, 주호성, 갑질, 갑질의 최후, 주호성 블랙박스 영상, 쓰레기 부자, 삼일물산.

이미 사태는 걷잡을 수 없이 커졌다.

주영일은 어떻게든 이 상황을 잠식시켜 보고자 모든 인맥을 동원했지만 어느 누구에게도 도움을 받지 못했다.

영일유통이 삼일물산에게 까였다는 소식이 이미 돈 데다 이미지가 나빠질 대로 나빠진 영일유통과 괜히 엮이고 싶지 않았던 것이다.

주영일은 자신의 몰락을 예감했다.

이런 분위기라면 국민에게 외면당하고 주변 인맥은 전부 끊긴다. 아무도 영일유통과 계약을 하려 들지 않을 테고, 회사의 부도는 불 보듯 뻔했다.

주호성은 영락없이 옥살이를 해야 할 판이다.

"아니… 아니야. 난 다시 일어설 수 있어!"

주영일이 힘주어 말했지만 눈에서는 눈물이 흘러내렸다.

방법이 없다.

주영일의 가슴이 처음으로 까맣게 타들어갔다.

이제 그가 다시 살아나려면 전처럼 사기를 쳐 먹고 돌아다니는 수밖엔 없을 것 같았다.

한편, 동영상을 적절한 타이밍에 인터넷에다 퍼뜨린 전율은 지우와 찻집에서 차 한 잔을 즐기는 중이었다.

"고마워, 지우야. 네 덕분에 이번 일 아주 깔끔하게 마무리되었어."

"아니… 내가 뭘 한 게 있다고."

"네가 준 메모리 카드가 신의 한 수였어."

"으응……."

지우는 자신에게 미소 짓는 전율의 얼굴을 계속 쳐다보는 게 왠지 모르게 부끄러웠다.

그래서 괜히 차만 홀짝였다.

"몸은 이제 괜찮은 거고?"

전율이 물었다.

"응, 괜찮아. 주호성 그 새… 아니, 그 인간이 술에 무슨 약 같은 걸 탄 모양인데 그냥 그때만 좀 힘들었어."

"앞으로는 조심해. 세상이 너무 흉흉해."

"나도 느꼈어. 아무튼 너랑 너희 아버님 덕에 살았지 뭐야. 나도 고마워."

지우가 말을 하며 전율의 앞에서 처음으로 환히 웃었다.

그전까지는 도통 전율을 보며 웃을 일이 없었다.

처음에는 그가 여전히 쓰레기 같은 인간이라 생각했기 때문에 그랬고, 그다음엔 자신에게 차갑게 대하는 전율이 짜증 나서 그랬다.

그 이후로는 전율에게 자꾸만 신경을 쓰는 자신의 모습에 화가 나서 웃지 않았다.

그런데 지금은 마음 편하게 웃을 수 있었다.

한데 그 순간, 마더의 음성이 들려왔다.

[웃을 때의 입 모양이 각성자 리스트에 있는 '파안(破顔)의 마녀 록시'와 92퍼센트 일치합니다. 록시는 불법으로 마나 하트를 섭취해 각성한 이로 정부에 대항하는 이능력자 집단 '데스페라도(Desperado)'의 1대 리더였습니다.]

"뭐야?"

너무 놀란 전율이 저도 모르게 큰 소리를 냈다.

그러자 덩달아 놀란 지우가 눈을 크게 떴다.

"율아, 왜 그래?"

"아, 아니, 아니야."

파안의 마녀 록시에 대해서는 전율도 익히 알고 있었다.

반(反)정부 반란군이자 범죄 집단 데스페라도의 악명 높은 1대 리더를 어찌 모를 수 있겠는가.

다만 그녀의 얼굴을 아는 이는 아무도 없었다.

록시는 늘 가면으로 눈과 코를 가리고 다녔다.

그녀의 얼굴 중에서 유일하게 확인할 수 있는 부위는 입뿐이었다.

그녀는 입술은 보랏빛이었다.

립스틱을 바른 건지 원래 그런 색인지는 알 수 없었다.

아무튼 록시의 입은 항상 큰 호를 그리고 있었다.

무슨 일이 있어도 그녀의 입에서 미소가 사라지는 경우는 없었다.

그래서 그녀의 별명이 파안의 마녀였다.

데스페라도가 반정부 단체임을 자처하고 나선 데는 이유가 있었다.

당시의 세계통합정부는 사람들에게 이능력자가 될 것을 강요했다.

무력으로 사람들을 진압해서 마나 하트를 먹인 적은 없지만, 세계적 분위기를 이능력자가 되기 위해 마나 하트를 섭취하지 않으면 애국심이 없는 쓰레기로 취급하게끔 만들어 나갔다.

하지만 마나 하트를 먹는 이들 중 열에 아홉은 죽고 한 명만 이능력자가 되는 상황이었다.

때문에 그런 국가의 폭력 아닌 폭력이 역겨웠던 이들은 마나 하트 암매상들과 손을 잡고 국가 몰래 마나 하트를 섭취했다.

물론 대부분이 죽어나갔으나 각성한 이들은 반정부 단체의 설립이 가능해질 그날을 위해 스스로의 능력을 감추고 살아 갔다.

그러다 이능력자의 수가 오십여에 달하게 되었을 때 비로소 데스페라도는 봉기했다.

그 데스페라도의 1대 리더가 바로 파안의 마녀 록시였다.

그런데 마더는 지금 지우의 미소 짓는 입술이 록시의 입술과 92퍼센트 일치한다고 말했다.

'설마 지우가 정말로… 록시란 말인가?'

입술이 닮은 사람이야 얼마든지 존재할 수 있다.

전율은 크게 생각하지 않고 그냥 마더의 말을 흘려 넘겼다.

지금 당장은 휴식을 조금 더 즐기고 싶었다.

주호성의 사건이 일단락되고 새로운 한 주가 밝았다.

전대국은 병원에서 퇴원해 집으로 돌아왔다. 하지만 상태가 상태인 만큼 일을 나갈 수는 없었다.

이유선도 그날 하루는 일을 빼먹고 집에서 전대국을 간호하기로 했다.

천재지변이 일어나지 않는 한 무조건 일을 나가는 이유선이었다. 그녀가 일을 빠지는 건 집안의 엄청난 사건이었다.

이유선도 이번 사건에 대해 전율에게 상세히 들어 모두 알고 있는 터였다.

그녀는 전율의 이야기를 듣고서 처음에는 불같이 화를 냈다가 그다음엔 눈물을 흘렸다.

아무리 큰일이 있어도 최대한 미소 속에 근심을 감추고 유머로 넘어가는 그녀였다.

하지만 가족이 폭행을 당했다는 이야기엔 평정심을 유지하기 힘들었다.

그렇다 보니 전대국이 집으로 돌아오는 날 일을 쉴 만도 했다.

소율이가 학교에서 돌아온 저녁, 가족들은 한자리에 모여 앉아 식사를 했다.

전대국은 입을 벌릴 수 없으니 두유에 빨대를 꽂아 빨아 마셨다.

한참 식사를 하던 와중 소율이가 한숨을 쉬었다.

"하아, 근데 우리 가족 이러다가 큰일 나는 거 아니야?"

"큰일이라니?"

하율이 물었다.

"그렇잖아. 아빠가 다쳐서 일을 못 나가니까 가뜩이나 똥구멍 찢어지게 힘든 집구석 더 힘들어질 게 뻔하잖아."

그 말에 이유선의 어깨가 살짝 흔들렸다.

"그래서 결심했어!"

소율이 숟가락을 상에 탁 놓고 벌떡 일어났다.

"나 전소율! 오늘부로 다시 알바를 뛰겠습니다!"

"짝짝짝!"

소율이가 자축의 박수를 치며 자리에 다시 앉았다.

"어때? 괜찮은 생각이지?"

전율이 고개를 저었다.

"학생이 무슨 아르바이트야? 학교나 열심히 다녀."

"왜? 내 친구들 중에서도 꾸준히 아르바이트 뛰는 애들 많아. 생각해 보니까 내가 너무 편하게 살아온 것 같아. 집안이 이 모양인데 연극 동아리 활동 하겠다고 알바를 그만두다니. 다시 다니겠습니다!"

그러자 하율이가 그런 소율이를 만류했다.

"네가 연극 동아리 활동 하겠다고 해서 알바 그만둔 게 아니잖아. 우리가 그만두라고 해서 동아리 활동 하게 된 거지."

이유선도 하율이의 말을 거들었다.

"그래, 언니 말이 맞아. 너까지 생활 전선에 뛰어들게 할 생각 없어. 그리고 네가 쥐꼬리만큼 벌어 온다고 얼마나 도움이 되겠니? 너 알바해서 허기진다고 먹는 밥값이 더 나가겠다."

이유선의 농담에 전율이 피식 웃었고, 소율이는 소리를 빽 질렀다.

"나중에 내 도움이 필요하다고 사정해도 안 도와줄 거야!"

"안 도와주는 게 도와주는 거라는 생각은 안 해봤어, 우리 딸?"

"엄마!"

"그렇게 소리 질러서 동네 사람 다 듣겠니? 더 크게 질러, 더."

"에휴, 말을 말아야지, 내가."

이유선의 넉살에 무거웠던 분위기가 많이 풀어졌다.

하지만 정작 이유선의 마음속엔 근심이 가득하다는 걸 전율은 알고 있었다.

반면 전대국은 다른 의미로 좌불안석이었다.

그는 현재 전율에게 5억 상당의 돈이 있다는 걸 알고 있다. 때문에 돈 걱정은 한시름 던 상태이다. 그러나 이걸 이유선에게 비밀로 하고 있자니 맘이 편치 않았다.

결국 전대국은 결단을 내렸다.

전대국이 밥상을 탁 두들기고서 전율을 바라보았다.

전율은 전대국의 눈이 무엇을 말하는 건지 대번에 알아챘다.

"…알겠습니다, 아버지. 어머니한테도 말씀드릴게요."

결국 전율은 전대국과 단둘만 공유하고 있던 5억 이야기를 모든 가족에게 털어놓았다.

당연히 가족들은 충격의 도가니에 빠지고 말았다.

전율이 가족들 몰래 5억을 벌었다는 것도 충격이었지만, 그 것을 모두 주식에 털어 넣었다는 게 더 큰 충격이었다.

소율이가 전율에게 냅다 소리를 질렀다.

"오빠, 제정신이야? 그 돈 어서 빼! 그리고 우리 집 빚부터 갚아!"

"안 돼."

전율은 단호히 소율의 말을 잘랐다.

"그 돈, 묻어두면 한 달 뒤엔 열 배 이상 불어난다."

"열 배 이상? 열 배 이상이면… 오, 오십억?!"

"그래. 그럼 빚도 갚고 집도, 차도 사고, 앞으로도 계속 돈 걱정 없이 우리 가족 모두 편하게 살 수 있어."

그에 하율이가 조심스럽게 끼어들었다.

"하지만 율아, 만약 다 잃기라도 하면……."

그때 이유선이 가볍게 박수를 쳤다.

짝짝!

모두의 시선이 이유선에게 집중되었다.

"엄마가 정리할게. 우선 이 이야기는 율이랑 당신 둘이서 알고 있던 거죠? 그리고 당신은 율이 의견에 동의한 거구요?"

전대국이 고개를 끄덕였다.

"하율아, 소율아, 엄마는 이렇게 생각해. 일단 우리 집 가장인 아버지가 내린 결정이라면 따라야 한다고. 어찌 되었든 이 집안의 최고 어른은 아버지니까."

"엄마, 그래도……."

"또 하나, 우리 가족이 심하게 무너진 다음 한 번도 만져 보지 못한 5억을 율이가 주식 투자만으로 벌었다잖니? 그거 쉬운 일이 아니란다. 그만큼 감각이 있다는 거지. 그러니까 율이를 한 번 더 믿어봤으면 하는데?"

"그러다 날리기라도 하면 어떡하고?"

"그럼 원래 없던 돈 치는 거지, 뭐. 이 얘기 율이가 해주지 않았다면 5억이 있는지도 끝까지 몰랐을 텐데?"

"…알았어요."

결국 소율이의 말문이 막혔다.

이유선이 전율의 손을 꼭 잡아주었다.

"대견하네, 내 아들. 어쩜 이렇게 훌륭하게 컸다니? 한 달 전만 해도 이렇지 않았는데."

"감사해요, 어머니."

"아무튼 율아."

"네?"

이유선이 해맑게 미소 지으며 말했다.

"엄마는 너 믿으니까 그 돈 다 날리면 알아서 해?"

"…네."

전율은 보았다.

입과는 달리 웃고 있지 않은 이유선의 눈을.

                    *   *   *

　2009년 4월 7일 화요일.

　세 번째 마스터 콜을 받은 뒤 정확히 일주일이 지났으며 어 김없이 마스터 콜은 다시 전율을 던전으로 데려갔다.

　사방이 막힌 석실에서 페이의 음성이 들려왔다.

　[네 번째 마스터 콜을 받으신 걸 환영합니다. 벽에 적힌 퀘 스트를 확인하세요.]

　타입 : 던전

　이름 : 연계(連繫)의 던전(지하 17층~15층)

　목표 : 모든 몬스터의 섬멸, 탈출

　제한 시간 : 없음

　보너스 : 죽음에서 한 번 부활할 수 있음

　성공 조건 : 15층 출구에 도착

　실패 조건 : 두 번의 죽음.

　성공 시 보너스 : 5,000링

　실패 시 페널티 : 모험가의 자격 박탈

　이번에 받은 퀘스트는 세 개의 던전을 연속 탈출하며 모든 몬스터를 섬멸해야 하는 것이었다.

[던전의 입구를 개방합니다.]

Chapter 21.
야광석의 비밀

전율은 던전의 외길을 거닐었다.

한 5분 정도 걸어가는 동안은 몬스터도, 보물 상자도, 이렇다 할 미로도 나오지 않았다.

그런데 던전이 기이해지는 건 딱 5분 이후부터였다.

외길인 건 변함없었으나 던전의 벽 곳곳에 미세한 빛을 품은 야광석 같은 것들이 여기저기 박혀 있었다.

전율이 그 수를 세보니 딱 20개였다.

"뭐지, 이건?"

전율이 혼잣말을 하듯 허공에 질문을 던졌다.

하지만 마더나 소환수들에게서도 대답은 들려오지 않았다.

아무에게도 그 돌에 대한 정보가 없었다.

전율은 야광석을 만져 보았다. 그러자 심장에 있는 마나가 요동치며 야광석 안으로 빠르게 흡수되었다.

이윽고 그 야광석이 다른 것들보다 훨씬 환한 빛을 발했다.

야광석 안에서 맴돌던 빛 무리는 레이저처럼 쏘아져 나가 동굴의 천장을 비추었다.

"마나를 흡수해?"

전율은 방금 마나를 흡수하고 빛을 쏜 야광석에 다시 손을 대보았다.

하지만 더 이상 마나는 빼앗기지 않았다. 야광석이 최대치로 밝아지면 마나를 흡수하지 않는 모양이었다.

"이런 걸 왜 박아놨지?"

그에 초백한이 자신의 추측을 얘기했다.

[몬스터랑 싸울 때 마나를 빼앗기게 하려고 그런 것이 아닐까요?]

일리 있는 말이었다.

벽에 박힌 야광석은 잠깐 손가락을 댄 것만으로도 많은 양의 마나를 흡수했다. 몬스터와 싸우다 야광석에 몸이 스친다면 지속적으로 마나를 빼앗길 테고, 그것은 모험자가 전투에서 불리해지도록 만들 수 있었다.

"네 말이 맞는 것 같다, 초백한."

전율이 고개를 주억거리는 그때, 갑자기 검은 안개가 사방에서 일더니 유령처럼 몬스터들이 나타났다.

족히 그 수가 스물이 넘는 몬스터는 멧돼지의 얼굴에 근육질 몸을 가지고 있었고, 이족보행을 하며 전신이 갈색 털로 뒤덮여 있었다.

한 손에는 이가 빠진 녹슨 중검을, 다른 손에는 나무 방패를 들었으며 가죽 갑옷으로 몸을 보호했다.

"쿼익! 쿼이이이익!"

"쿼이이이익!"

놈들이 돼지 멱따는 소리를 냈다.

입 밖으로 툭 불거진 송곳니 사이로 군침이 줄줄 흘러내리고 있다.

"더러워 죽겠네."

전율이 미간을 찌푸리며 놈들의 머리 위를 살폈다.

머리 위 허공엔 '오크'라는 몬스터 이름이 적혀 있었다.

"오크? 너희는 얼마나 강한지 보자."

전율이 오러 애로우 두 발을 오크 한 마리에게 날려 보냈다.

놈들의 맷집이 어느 정도나 되는지 알아보기 위해선 선공이 필수였다.

쐐애애애액─!

주먹을 떠난 노란빛의 오러가 바람을 가르며 날아가 오크 한 마리의 머리, 몸통을 때렸다.

방심하고 서 있던 오크는 차마 그것을 피하거나 막지도 못한 채 그대로 받아내야 했다.

퍼퍽!

오크의 머리는 박살이 났고, 가죽 갑옷이 찢어지며 배에 바람구멍이 생겼다.

털썩.

붉은 피를 흘리며 오크가 죽어 넘어졌다.

"약하잖아, 이 녀석들."

예상한 것보다 몬스터가 더 약해서 전율은 의아해졌다.

하지만 방심할 수는 없었다. 일전의 던전도 몬스터들이 약하다고 생각했는데, 하마터면 제한 시간 내에 들어서지 못해 영원히 모험자의 자격을 박탈당할 뻔했다.

이번에도 처음에 쉽다고 끝까지 던전이 호락호락하지는 않을 게 분명했다.

어찌 되었든 지금은 사위에 존재하는 오크들을 정리하는 게 최우선이었다.

"쿼이이이이익! 인간, 죽인다!"

"쿼익! 인간은 하나! 우리는… 아무튼 많다! 우리가 이긴다!"

오크들이 일제히 전율에게 달려들었다.

그와 동시에 전율의 주먹이 불을 뿜었다.

                    *   *   *

오크들은 순식간에 정리되었다.

[어머, 너무 황홀해. 그냥 막 때려 죽여도 되는 이런 세계가 있었어? 여기 나한테 정말 딱 어울리는 곳 같아.]

사미호가 교교한 목소리로 말했다.

전율은 그런 사미호의 말에 신경 쓰지 않고 방금 전투를 벌인 오크에 대해 다시 한 번 분석했다.

생각대로 쉬운 상대였다.

사실 지구의 보통 사람을 데려다 놓고 싸우라 그러면 오크 한 마리에게 밥이 되는 건 순식간이다.

오크들은 인간보다 빨리 성장하며 다섯 살이 되면 성인 남자 이상의 근력과 민첩함을 자랑한다. 거기서 조금 더 성장한 오크들은 주먹으로 사람의 머리를 깨부술 만큼 강인해진다.

육신의 능력으로만 따지자면 사자의 던전에서 만난 스켈레톤보다 훨씬 우월했다.

하지만 오크들은 언데드 몬스터가 아니기에 머리를 날리기 전까지 잘린 사지가 제멋대로 움직이거나 하지는 않았다.

때문에 빠르게 성장하는 전율의 입장에서는 오크들이 스켈레톤보다 상대하기 편했다.

오크들의 시체가 연기로 변해 사라지고 수많은 링이 떨어졌다.

총 22구의 시체가 죽었는데, 전율의 몸에 흡수된 링은 220링이었다.

"한 마리당 10링이라고?"

어째 17층치고는 몬스터가 주는 링의 개수가 적게 느껴지는 전율이었다.

그때 마더가 말했다.

[바닥에 떨어진 링은 총 440링이었습니다. 그중 220링은 전율 님의 몸에, 나머지 220링은 탐욕의 목걸이에 흡수되었습니다. 탐욕의 목걸이에 대한 정보도 상태창에 넣겠습니다.]

"아, 그랬군. 탐욕의 목걸이를 생각 못 했어."

전율은 목에 걸린 탐욕의 목걸이를 손으로 만지작거리다 상태창을 열었다.

〈전율 님의 능력치〉

[오러]

랭크 : 2

성장도 : 23%

색 : 노란색

사용 가능 기술 : 오러 피스트(Aura Fist), 오러 애로우(Aura Arrow)

[마나]

랭크 : 3

성장도 : 8%

사용 가능 기술 : 뇌섬(雷殲), 속박뢰(束縛雷), 뇌전(雷電)의 창(槍), 폭뢰(爆雷)

[스피릿]

랭크 : 2

성장도 : 13%

사용 가능 기술 : 위압(危壓), 호의(好意), 지배(支配), 최면(催眠)

테이밍 가능한 생명체의 수 : 2/3

테이밍된 생명체 : 초백한, 사미호

[착용 중인 아이템]

—탐욕의 목걸이(220/10,000) : 링의 50퍼센트를 흡수함. 10,000링을 흡수하면 각성됨

전율은 상태창을 닫으며 고개를 끄덕였다.
"한결 낫군. 좋아, 계속해서 간다."

*　　　*　　　*

전율은 얼마 가지 않아 또다시 오크 무리와 조우했고, 놈들을 모두 때려눕혔다. 이번 전투로 그가 얻은 링은 300링, 탐욕의 목걸이가 흡수한 링도 300이었다.
전율은 손등에 적힌 숫자를 확인했다.
"730링."
확실히 던전의 층이 높아지면서 링도 점점 더 많이, 그리고 빠르게 모이고 있었다.
전율은 백만 링이나 하던 리얼라이즈 링이 내심 계속 탐이 났다.
하지만 아직은 그에게 먼 이야기였다. 그렇다고 꿈같은 이야기는 아니었다.
"현실에서도 5억을 벌었는데 그깟 백만 링, 금방 모아주지."
결의를 다진 전율이 다시 던전을 나아가려는데 뭔가 이상

했다.

던전 초입에서 본 그 야광석들이 더 이상 나타나지 않는 것이다.

'이건 너무 위화감이 드는데.'

전율은 제자리에 멈춰 서서 잠시 고민하다가 왔던 길을 되돌아가기 시작했다.

그러자 사미호가 그에게 물었다.

[뭐야? 왜 다시 돌아가, 우리 주인?]

"그럴 일이 있다."

[그런데 우리 주인, 뭐 잊은 거 없어? 오늘 화요일인데.]

"아, 그랬지."

전율은 사미호에게 매주 화요일마다 생기를 마음껏 흡수하게 해주겠다고 약속했다.

그런데 그걸 잠시 망각하고 있었다.

사미호는 전투에 도움이 되는 소환수다.

다음부터는 사미호를 소환해 함께 전투를 하면 더욱 수월하게 던전을 진행해 나갈 수 있을 터였다.

물론 사미호는 몬스터들의 생기도 흡수할 테니 이것이야말로 일석이조였다.

"이다음에 또 몬스터가 나타나면 널 소환하겠어."

[그냥 지금 소환하면 안 돼?]

"널 소환하는 데도 내 정신력이 소모된다. 정신력이 완전히 고갈되면 넌 다시 봉인되어야 해."

전율은 초백한을 소환하면서 스피릿이 조금씩 소모되는 것을 느꼈다. 전율이 초백한을 소환해서 따로 스피릿을 사용하지 않고 최대한 붙잡아둘 수 있는 시간은 한 시간 십 분 정도였다.

그런데 초백한보다 강한 사미호는 스피릿을 얼마나 소모시킬지 모르므로 함부로 소환하는 건 괜한 낭비였다.

"그러니까 전투할 때 외에는 소환당할 생각 하지 마."

[왜? 나는 주인이랑 침대 위에서 전투할 때도 소환당하고 싶은데.]

"또 시작이군."

[호호, 주인, 은근 귀엽다니까.]

전율은 사미호의 놀림을 무시하고서 야광석이 있던 곳으로 되돌아왔다.

통로 양옆의 벽에 박혀 있는 스무 개의 야광석.

그중 하나만 전율의 마나를 흡수해 밝게 빛나고 있었다.

"어째서 여기만 야광석이 있는 걸까."

모험자의 마나를 빼앗는 게 목적이라면 야광석을 초입부터 던전 끝까지 다 박아놓는 게 효율적이다.

몬스터가 나타나는 곳에 간헐적으로 박아뒀다고 생각할 수도 있지만, 두 번째 오크 무리를 만난 장소엔 야광석이 박혀 있지 않았다.

전율이 턱을 만지작거리며 고민하다가 불현듯 뭔가가 떠올라 다른 야광석 앞으로 다가갔다.

"혹시……."

전율은 미약한 빛을 은은하게 품은 야광석에 손을 댔다.

이번에도 그의 마나가 확 빨려 나가며 야광석이 밝은 빛을 발했다.

첫 번째 야광석이 그랬던 것처럼 두 번째 야광석도 천장에 빛을 쏘아 보냈다.

전율은 심장의 마나를 가늠했다.

마나가 아직 10분의 9 정도 남아 있었다.

이 정도라면 20개의 야광석을 모두 밝히는 게 가능할 것 같았다.

"해보자. 뭔가 비밀이 있을 거야."

전율은 야광석 20개를 모두 밝히면 어떠한 현상이 일어날 것이라 생각했다.

아무런 일도 일어나지 않는다면?

어차피 제한 시간이 없으니 소모된 마나만 채운 후 다시 움직이면 되는 일이다.

전율은 나머지 야광석을 빠르게 터치해 마나를 모두 주입했다.

짧은 시간 동안 모든 야광석이 밝은 빛을 발했고, 그 빛은 천장에 레이저처럼 쏘아져 나갔다.

전율의 시선이 던전의 천장으로 향했다.

거기엔 스무 개의 둥그렇고 밝은 빛이 큰 원을 그리고 있었다.

한데 텅 비어 있던 원의 중앙에 갑자기 붉은 마법진이 나타났다.

이윽고 페이의 음성이 들려왔다.

[던전의 숨겨진 기관을 작동시켰습니다. 마법진이 활성화됩니다. 던전의 형태가 변합니다.]

콰르르르릉!

고막이 터질 듯한 굉음이 사위에서 터졌다.

그리고,

드드드드득! 드드득!

던전이 변형되기 시작했다.

『리턴 레이드 헌터』 3권에 계속…

초대형 24시 만화방

신간 100%, 샤워실, 흡연실, 수면실(침대석), 커플석, 세탁기 완비

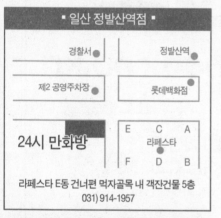

▪ 일산 정발산역점 ▪

경찰서 ●   정발산역 ●

제2 공영주차장 ●   롯데백화점 ●

24시 만화방

E   C   A
라페스타
F   D   B

라페스타 E동 건너편 먹자골목 내 객잔건물 5층
031) 914-1957

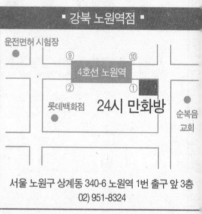

▪ 강북 노원역점 ▪

운전면허 시험장

⑨   ⑩
4호선 노원역
②   ①

롯데백화점 ●   **24시 만화방**   ● 순복음 교회

서울 노원구 상계동 340-6 노원역 1번 출구 앞 3층
02) 951-8324

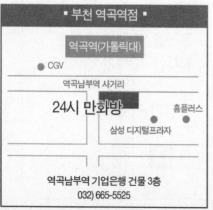

▪ 부천 역곡역점 ▪

역곡역(가톨릭대)

● CGV

역곡남부역 사거리

24시 만화방   ● 홈플러스

삼성 디지털프라자

역곡남부역 기업은행 건물 3층
032) 665-5525

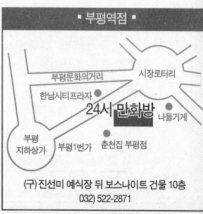

▪ 부평역점 ▪

시장로터리

부평문화의거리
한남시티프라자 ●   **24시 만화방**   ● 나들가게

부평
지하상가   부평1번가   춘천집 부평점

(구)진선미 예식장 뒤 보스나이트 건물 10층
032) 522-2871

ODD
LAWYER

FUSION FANTASTIC STORY
미더라 장편 소설

Devil's
Balance 괴짜 변호사
악마의 저울

『즐거운 인생』 미더라 작가의
2015년 대작!

현직 변호사, 형사, 프로파일러, 범죄심리학 전문가 자문으로
현장의 생생함을 그대로 담아낸 현대 판타지!

『괴짜 변호사 : 악마의 저울』

"제가 왜 한 번도 패소한 적이 없는 줄 아십니까?"

"……"

"저는 법으로만 싸우지 않거든요."

법의 칼날 위에서 춤추는 자들과의
치열한 공방이 펼쳐진다!

가프 장편 소설

관상왕의
1번룸

FUSION FANTASTIC STORY

거대한 도시의 그늘에서 벌어지는
짜릿하고 통쾌한 이야기!

『관상왕의 1번룸』

텐프로의 진상 처리 담당, 홍 부장.
절망적인 삶의 끝에서 만난 남국의 바다는
그를 새로운 인생으로 인도하는데……

쾌락을 원하는 거부, 성공에 목마른 사업가,
그리고 실패로 절망한 사람들이여.

여기, 관상왕의 1번룸으로 오라!

Book Publishing CHUNGEORAM

유행이 아닌 자유추구 -
WWW.chungeoram.com

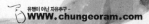

멱운 장편 소설

FUSION FANTASTIC STORY

三國志

쟁쾅

삼국지

2세기 말 중국 대륙.
역사상 가장 치열했던 쟁패(爭覇)의
시기가 열린다!

중국 고대문학을 공부하던 전도형,
술 마시고 일어나니 도겸의 둘째 아들이 되었다?

조조는 아비의 원수를 갚으러 쳐들어오고
유비는 서주를 빼앗으려 기회만 노리는데……

"역시 옛사람들은 순수하다니까.
유비가 어설픈 연기로도 성공한 데는 다 이유가 있지, 암."

때로는 군자처럼, 때로는 호웅처럼!
도형이 보여주는 난세를 살아가는 법!

Book Publishing CHUNGEORAM

유행이 아닌 자유추구 -
WWW.chungeoram.com

올 스탯
슬레이어

강해지고 싶은 자, 스탯을 올려라!
『올 스탯 슬레이어』

갑작스런 몬스터의 출현으로 급변한 세계.
그리고 등장한 슬레이어.

[유현석 님은 슬레이어로 선택되었습니다.]

"미친… 내가 아직도 꿈을 꾸나?"

권태로움에 빠져 있던 그가…

"뭐냐 너?"

"글쎄. 나도 예상은 못했는데, 한 방에 죽네."

슬레이어로 각성하다!

Book Publishing CHUNGEORAM

유행이 아닌 자유추구
WWW.chungeoram.com